La vaga ambición

CONSEJO REGULADOR DE LA DENOMINACIÓN DE ORIGEN
RIBERA DEL DUERO

PREMIO RIBERA DEL DUERO

VOCES / LITERATURA

COLECCIÓN VOCES / LITERATURA 244

PREMIO
RIBERA
DEL DUERO

RI
BE
RA
DEL
DUERO

Nuestro fondo editorial en www.paginasdeespuma.com

Esta obra literaria se realizó con apoyo del Fondo Nacional para la Cultura y las Artes, a través del Sistema Nacional de Creadores de Arte de México.

Antonio Ortuño, *La vaga ambición*
Primera edición: mayo de 2017

ISBN: 978-84-8393-219-3
Depósito legal: M-9774-2017
IBIC: FYB

Editorial Páginas de Espuma
Madera 3, 1.º izquierda
28004 Madrid

Teléfono: 91 522 72 51
Correo electrónico: info@paginasdeespuma.com

Impresión: Cofás

Impreso en España - Printed in Spain

Antonio Ortuño

La vaga ambición

PÁGINAS DE ESPUMA

ÍNDICE

–¿Es que eres bueno para algo?
–Tengo la vaga ambición –dijo Grantaire.
[...]
–¡Tú!
–Yo. No me hacen justicia. Cuando me lo propongo soy terrible.
[...]
–Seriedad –dijo Enjolras.
–Soy feroz –respondió Grantaire.

Victor Hugo, *Les Miserables*

Lo que perdimos en el fuego lo encontraremos en las cenizas.

Sam Chisolm, *The Magnificent Seven* (2016)

A Olivia
A la memoria de Elisa, mi madre

Un trago de aceite

Mi padre me llevó de la escuela un viernes. Se estacionó frente a la puerta principal, aguardó mirándose las uñas. Así, concentrado en sus cutículas, lo encontré al salir. Hizo una seña y subimos a su camioneta, una mole carguera con los costados recubiertos por la publicidad de la línea de jugo envasado que había distribuido hasta hacía un par de años.

–Vamos a Chapala –dijo al poner en marcha el motor. Quería premiarme: la semana anterior, había ganado el concurso de mi distrito escolar con un cuentito sobre un caballero y un dragón. Mi texto pasó al certamen del Estado. Si triunfaba también, llegaría al nacional. Los elegidos serían fotografiados junto al Presidente de la República. No llegué a ser uno de ellos, por supuesto: la idea era que los niños escribieran cositas sobre la milpa de sus abuelos y no sobre un dragón. Pero ese era el horizonte aquel día y mi padre iba a recompensar mi victoria, dijo, con un viaje al mayor lago del país, a una hora de carretera de la escuela.

Mi madre llegó quince minutos después y descubrió que ninguno de los niños uniformados que se arremolinaban entre la puerta y el carrito de los helados era el suyo. Fernandito, cinco milímetros más astuto que el resto de mis compañeros, le confesó que me había visto subir a la camioneta de colorines. A mi madre le temblaban manos y rodillas, pero al oírlo pasó del susto al odio puro. Mientras llamaba a su abogado, el vehículo de ribetes frutales avanzó, semáforo tras semáforo, y dejó la ciudad.

El abogado escuchó la retahíla de espumarajos en el teléfono y supo que tenía que llamar a sus amigos del tribunal. Pero mi padre había elegido la fecha del secuestro con puntería: aquel viernes iniciaba el feriado de la Independencia patria, los tribunales habían cerrado a las dos y no volverían a abrir sino el martes. Saberlo no contribuyó a que mi madre se sosegara. En el departamento de mi padre no había nadie. De poco sirvió que mi madre rompiera las ventanas, todas, con el tacón del zapato. De nada, que marcara seiscientas veces al teléfono. Respondió una grabación que hablaba aún de pedidos de jugo.

Chapala puede que haya sido un pueblito agradable y pintoresco: a mí siempre me pareció huero, sin interés. El lago era grandote pero no majestuoso, los peces que extirpaban de sus aguas sabían a petróleo, el aire olía a fermentación. Mi padre dejó la camioneta en la plaza principal. Transbordamos a un taxi. El conductor despertó de la siesta del mediodía cuando ocupamos el asiento trasero.

–Vamos a la Enramada.

Transitamos por la orilla izquierda del lago. Un cielo llano y pálido nos cubría. El hervor de la grava del camino se apagó cuando pasamos, tras un giro de volante, a una vereda escoltada por árboles colosales. Las ramas se agrupaban en los aires, formaban un túnel verde. En vez de las apretadas casitas del pueblo, se levantaban allí residencias anchas y bajas, aderezadas con jardines babilonios y, cerca de la orilla del agua, también con embarcaderos oxidados. El hedor tenía más de vegetal que de pesquero. Seducía.

Mi padre dio indicaciones dubitativas pero conseguimos dar con nuestro objetivo, una casa de ladrillo redonda, de dilatados ventanales, sitiada por prados. Quiso pagar con un billete de altísima denominación y, como el taxista permaneció quieto, sin amagar siquiera con tomarlo, perdió unos minutos en rebuscar moneditas hasta reunir lo adeudado.

–¿Qué edad tienes? –preguntó, entre dientes, mientras caminábamos por el sendero hacia una puerta de madera con herrajes y una macetita de geranios colgantes en el centro.

–Ya casi los doce.

No dejaba de ser peculiar que preguntara algo así. Había un motivo: el divorcio se firmó cuando tenía yo dos años y, ante la falta del pago de la pensión, mi madre le prohibió verme. La proscripción comenzó a ser eludida cuando entré a la primaria. Mi padre se acostumbró a visitarme durante el recreo. Estacionaba su camioneta, platicábamos a través de la reja principal. A veces me daba unas monedas. Otras, regalos: un lapicero, una libreta. Una vez, en tiempo de helada, me obsequió una chamarra que me quedaba grande y que mi madre confiscó en cuanto aparecí por la casa. La partió en dos con un cuchillo. «No alcanza para la pensión», declaró al echar los restos al bote de la basura.

Mi padre no tenía clara mi edad del mismo modo que yo no sabía, más que aproximadamente, a qué se dedicaba. Había pasado por empleos comerciales (la distribución de jugo y la de unos vinos baratos que mi madre tildaba de «funestos»), había intentado operar un consultorio de medicinas alternativas (aunque su profesión universitaria era la física) e impartir clases de meditación trascendental y respiración china.

Ninguno de sus negocios le dio dinero, o al menos, la posibilidad de liquidar la pensión (que siguió, por siempre, incobrable), pero sí un puñado de amigos de modos aristocráticos: damas adeptas a la pachamama, matrimonios de mediana edad con hijos rubios y atléticos y, desde luego, toda una caterva de herederos holgazanes.

Abrió la puerta una chacha jovencita, de cabello largo y lustroso, que nos miró con desprecio, como si estuviéramos allí para vender cacahuates.

–Hágame favor de llamar a la señora –dijo mi padre con una sumisión que me amargó la boca.

–De parte de…

–Del Doctor Murray.

Ella hizo un gesto con el labio que significaba que ni aquel título pomposo ni el apellido extranjero la impresionaban. Nos cerró la puerta en la cara. Vicky Rivadeneira apareció poco después. Era la anfitriona, una dama delgada hasta el delirio, de cabello alborotado y un impertinente aroma a incienso. Sus ojos eran pequeños, azules y brillantes como el agua teñida de los sanitarios.

–Ay, Doc, qué bueno que pudo venir. ¿Y este señor, entonces, es el escritor premiado? –agregó haciéndome una caricia en la mejilla.

Nunca había pasado una vergüenza así. Bajé la cabeza y musité cualquier cosa. Mi madre lo llamaba tragar aceite: hacer lo que no quieres y aguantarte. En eso pensé y, por primera vez en el día, quise estar con ella, en la cocina de casa, escuchándola cantar mientras partía el jitomate. O estar por allí, al menos, escondiéndome de Carlos, el primo que solía cuidarme por las tardes, y aguardando que mi madre regresara del trabajo.

Transitamos por un pasillo oscuro que desembocó, repentino, en una sala redonda como la casa, habitada por un juego de sillones de cuero y una multitud de mesitas de madera laqueada. Era incapaz de calcular costos en aquellos días pero resultaba fácil saber que esa gente tenía dinero.

De las paredes colgaban imágenes enmarcadas: óleos, carteles impresos protegidos por vidrios anti-reflejantes, fotografías. No había recibido ninguna clase de educación religiosa (mi madre era creyente pero nunca tuvo fuerzas de llevarme al templo) pero me fue imposible mirar dos veces lo que representaban. Desnudos todos. Algunos estéticos y tradicionales; otros indecisos, insinuados; alguno directamente crudo, vertiginoso. Bajé los ojos.

El arquitecto de la casa había conseguido levantar una finca que volteaba desde todo punto hacia el centro, como una plaza de toros. Las puertas, en la primera y segunda plantas, rodeaban unos barandales de herrería que asomaban al salón principal. Nos instalaron en una habitación arriba. Ni mi padre ni yo llevábamos equipaje, así que subimos y nos limitamos a mirar la recámara donde pasaríamos el fin de semana. De todas las cosas que podría haber preguntado, la única que me atreví a plantear era la menos importante.

–¿Por qué vinimos en taxi?

Él hacía una lista mental de las cosas que saldría a comprar al supermercado para proveernos y no me concedió una mirada.

–Ya verás los autos que tienen.

Su camioneta frutal lo avergonzaba.

Cuando salió a las compras (lo escuché pedirle a la altanera sirvienta que le consiguiera un taxi y el consecuente resoplido) me tendí sobre una de las camas, la mirada entre el cielorraso pintado de blanco y las vigas de madera. No encontré una sola forma que me remitiera a nada: ni un barco, ni una espada, ni un perfil.

Desde el jardín subió una risa, la de Vicky Rivadeneira, quien, en compañía de un tipo con la coronilla pelada y requemada, jugaba con un perro al borde de una piscina con forma de riñón. En el agua flotaban hojas de color esmeralda. El tipo reía con la confianza de un casateniente: era el marido de la anfitriona, el dueño de todo lo visible. Volví a la cama y, forzándome por mantener la cabeza en blanco, me quedé dormido. Recobré la conciencia mientras mi padre forcejeaba con los cajones del ropero.

–Ropa, toallas, cepillo de dientes –informó.

Me obligó a sustituir mi camiseta escolar por una playera azul de cuello redondo que me llegaba a las rodillas.

–Pensé que eras más alto –murmuró con fastidio.

Los pantalones me quedaron tan largos que tuve que conservar los del uniforme. Él se puso una camisa color de hueso y bajó al jardín para unirse a los Rivadeneira. Pretexté la necesidad de usar el sanitario y permanecí en la recámara. Asomé a las bolsas que aún guardaban la mitad del tesoro. Había allí otra playera, idéntica a la que llevaba encima, peine de goma, frasco de agua de colonia, cortaúñas. Tenía hambre pero no quería pedir alimento a la criada. Me dediqué a recortar y limar las uñas de mis pies para no pasar vergüenzas si bajaba a la piscina.

Luego de un lapso de silencio, resonó un estruendo de motores y un alboroto pajaril de voces agudas, azucaradas. Eran los invitados. Dos matrimonios sonrientes, media docena de niños pálidos y una mujer alta que se abrazó a mi padre. Le dijo algo que no pude escuchar. Se perdieron, enlazados, en el interior de la casa.

La tarde corrió lenta. Los niños, a quienes veía por primera vez, tenían entre ocho y quince años y tampoco sabían nada de mí, salvo que era hijo del «Doctor». Comimos pizza en una mesa apartada de la atención de los adultos que, mejor, salieron al jardín para asar carne y beber cerveza. Los niños se conocían entre sí de toda la vida, conversaban, se daban empujones. No me dirigían la palabra.

En pocos minutos quedó claro el escalafón que obedecían. Mandaban Sebastián y Guido, sobrinos de los Rivadeneira. Su hermana Quetzali era la siguiente. Sería de mi edad (o más pequeña) y tenía los mismos poderosos dientes de sus hermanos. Abajo venía Guadalupe, hija de la otra pareja, una chica larguirucha de cabello rizado. Lucas, su hermanito, y Perla, una prima, eran los menos favorecidos. El padre de Guadalupe y Lucas trabajaba para el de Sebastián y Guido. Los hijos del empleado habían sido educados para respetar a los del patrón.

Mi padre no tenía un automóvil decente que llevar a la mansión y yo ni siquiera contaba. Al menos, hasta que doña Vicky vino a resurtirnos el refresco en los vasos y se percató de que era invisible para el resto de la mesa.

–Hablen con Arturo. Es listo. Ganó un concurso de escritura.

Guido levantó las cejas con suspicacia pero Sebastián, que era el máximo rey, volteó a escrutarme. Y cuando su tía terminó de repletarnos los vasos de cocacola, me dejó al alcance de la mano el plato de las papas fritas.

–¿Ganaste en el concurso de tu escuela? El que gane el Nacional va a ir con el Presidente –dijo con vocecita humilde.

–Sí.

–Yo mandé un cuento pero no pasó nada –reveló.

Guido, su hermano, procedió a quejarse de que el colegio en donde estudiaban había favorecido a una niña cuyo padre era diputado. Sebastián le dio un manotazo: no quería excusas. Había perdido y ya.

–¿De qué es tu cuento? –inquirió.

Tragué aceite.

–De un caballero. Y un dragón.

El silencio que siguió a mi declaración demostró que aquello les parecía prodigioso.

–El mío era de un astronauta. Pero no quedó bien –susurró Sebastián, bajando los ojos azules y retirándose un mechón rubio de la cara.

Pasamos la tarde en el jardín. Los niños Rivadeneira rogaron, inútilmente, que nos permitieran bajar al embarcadero y abordar la lancha de la familia. Su tía, con esa vocecita peculiar que indica que se habla con mascotas o con retardados, explicaba cada vez:

–Esa la tiene que manejar tu tío y ya está borrachito, nene...

Jugamos a la pelota con el perro, pero luego de que Guido la voló al lago (la vimos alejarse lentamente, llevada por las pequeñas olas), nos sentamos a admirar el atardecer.

–Hay que jugar a las palmas –propuso Quetzali. Sus hermanos le dieron de manazos en la cabeza porque aquel era un pasatiempo de niñas.

–A las ciudades –repuso Guadalupe.

Ese juego no me convenía: nunca me había alejado de casa más allá del lago de Chapala. Ellos, en cambio, conocían Disneylandia, Chicago y Miami. Recurrí a una mentira salvadora: uno de los pueblos en la ribera del lago se llamaba San Antonio, como la ciudad texana. Cuando llegó mi turno, deslicé el nombre. Asumieron que había viajado a Texas en vez de, sencillamente, atravesar el caserío vecino. Gané, al final, porque ninguno de ellos pudo decir que había estado alguna vez en San Antonio y a mí no me tocó responder nada sobre Disneylandia. La única que reparó en el fraude fue Guadalupe. Cuando decidimos volver a la terraza, bajo el asedio de los mosquitos, se me emparejó.

–¿Hablabas del pueblito de aquí, verdad? No quise quemarte.

Sonreí.

–¿Por eso escribes? ¿Por mentiroso?

La tarde mejoraba.

Cenamos pizza recalentada, tiramos piedras al lago. Se perdían en la oscuridad y no las veíamos impactar el agua, solo escuchábamos los chapuzones. Olía a cloro, a pasto recién cortado. No había una estrella en el cielo.

Busqué a mi padre antes de dormir. No lo encontré en toda la casa, aunque tampoco pude buscar a fondo: me imponían demasiado respeto las puertas y no me atreví a abrir ninguna. Finalmente, antes de meterme a la cama, lo vi lejos, a través de la ventana. Paseaba con la mujer alta. Llevaba las manos entrelazadas a la espalda y escuchaba algo al parecer muy dramático que ella narraba con manotazos y movimientos espasmódicos de cabeza. No supe cuándo regresó a la habitación, si llegó a hacerlo.

El sábado amaneció nuboso y dedicamos la mañana a tramitar el permiso para bajar al embarcadero («Tu tío sigue dormido, nene») y a jugar a la pelota. Cuando el hastío acumulado fue excesivo intentamos hacer trucos con cartas, que fracasaron, e improvisamos una partida de dominó, que tampoco prosperó porque las fichas estaban incompletas.

El padre de Sebastián nos arrimó un platón con papas fritas y una batería de refrescos de lata. Era un tipo guapo, con barba de dos días y ojitos azules, como cuentas de vidrio, idénticos a los de la señora Vicky, su hermana. Antes de retirarse le hizo una caricia en la mejilla a Guadalupe, que se encogió como un gato.

Contamos, por turnos, historias de muertos, apariciones y sangrerío, reunidos en círculo en el extremo más alejado del jardín, junto a las enredaderas del muro, anegados por el aroma a moho y la sensación gusanienta de la tierra batida.

El señor Rivadeneira no estuvo recuperado hasta que devoró dos platos de caldo de costilla y se echó al gañote unas cervezas. Ya en ese punto desbordaba vitalidad y se propuso consumar el paseo en lancha al que se había resistido el día anterior. Mi padre también estaba, me parece, muy borracho, y fue uno de los primeros en ponerse en movimiento, junto con la mujer alta y la tropa infantil.

Escapé como pude, escurriéndome entre las plantas y las columnatas de ladrillo, deslizándome al salón y apurándome, de dos en dos escalones, a trepar a la recámara y tenderme sobre las mantas.

Cortina echada, oscuridad total.

El paladar me dolía. La rabia lo hacía latir. Mi padre me había llevado al lago pero luego se desentendió de mí. Como si hubiera echado un perro a un jardín.

Nadie vino a buscarme.

Bajé, quizá media hora después, porque la boca se me había quedado seca y necesitaba beber.

No era el único que había elegido escaparse del paseo.

Guadalupe lloraba, doblada sobre las rodillas del padre de Sebastián. Aunque mis pies no resonaron en la madera de los escalones, el tipo descubrió mi presencia cuando intenté volver sobre mis pasos. Los calzones de Guadalupe estaban enredados en sus tobillos. Yo solamente pensaba en huir.

–A ver, joven. Venga acá.

No sé bien por qué obedecí aquella orden ridícula, dictada con una voz ebria y demasiado aguda para ser de un adulto. No sé por qué me quedé de pie a un metro de ellos y no fui capaz de escaparme cuando el tipo se acercó, con la verga al aire como un embutido a medio levantar.

–Venga acá. No mordemos.

Lo que hizo fue desnudarnos y sacarle el cinturón a sus pantalones. Recibimos los hebillazos con gritos sofocados. Nos miramos a los ojos, la niña y yo, para no tener que concentrarnos en nuestros cuerpos.

–Los van a regañar si los encuentran así.

Nos obligó a echarnos en el sofá. La piel rechinó bajo la fricción de las nuestras. Guadalupe temblaba. Tercamente nos mirábamos las caras, como si hubiéramos llegado a ese acuerdo. El tipo resoplaba. Parecía una cafetera. Nos exigió, con frases cortas y repelentes, que nos tocáramos. Volvió a darnos de hebillazos, que nos marcaron las piernas y le habrán desgarrado la espalda a ella, porque gritó. Cuando ordenó darnos vuelta, cerramos los ojos y nos tomamos las manos. La sangre no sabía a aceite sino a metal (a veces chupaba las monedas si me parecían relucientes: estaba seguro).

Abrí los ojos. El cielo se había vuelto a nublar. Un viento terminal azotaba las copas de los árboles y disparaba las ventanas contra sus enrejados. Una cara tras el mosquitero. Un rostro humano. Mi padre, con una mueca estúpida de borracho, nos miraba por el cristal.

Confundido o, quizá, aterrorizado.

Tuve que dejar de verlo porque otro hebillazo sacudió el muslo de Guadalupe y su resistencia colapsó. Comenzó a llorar con ojos apretados como puños. Cuando el jolgorio de voces anunció que el resto de la manada estaba de regreso, el tipo nos arrojó las ropas a la cara. Vestido ya y sonriente, se colocó el cinturón. Guadalupe, con un churrete rojo en la pierna, fue la más veloz para escapar, la ropa abrazada, el llanto imparable. Yo apenas podía dar un paso pero conseguí escalar antes que nadie me viera.

Me derrumbé en la cama.

Cabeza en blanco.

Mi padre no vino a buscarme aunque transcurrieron algunas horas. Intenté olvidar la expresión que mostró en la ventana. Hace treinta años que estoy seguro que nos vio, treinta que me pregunto por qué no hizo nada.

No volví a verlo hasta que bajé, ya anochecido. Me había bañado y cambiado. Los adultos bebían, los niños se habían concentrado ante una mesa, porque la señora Vicky recordó el paradero de las piezas faltantes del dominó. Guadalupe tenía la boca delgada como el filo de un naipe. No pude mirarla más de un segundo; ella no volteó.

Los invasores llegaron antes de que se sirviera la cena. La criada arrogante quiso detenerlos pero mi madre le volteó la cara de un revés y se abrió paso con la fuerza de un ejército. Todos se pusieron en pie cuando apareció en la sala. Recuerdo los gritos trenzados, las maldiciones, las amenazas del abogado, la indignación inicial y la posterior alarma de los Rivadeneira. Y el silencio de mi padre, golpeado, humillado y abofeteado sin interponer ni una palabra, tomado de la mano de la mujer alta, quien parpadeaba con aire estúpido y devoto.

–¡Secuestrador! –dijo el abogado.

–¡Hijo de puta! –agregó mi madre.

–¡Dígales algo, Doctor! –suplicó la anfitriona.

–¿Doctor? ¿Doctor esta mierda? Si apenas pudo con la licenciatura –bramó mi madre y luego, volviéndose por primera vez hacia mí, ordenó:

–¿Y esas ropas? Tráete tus cosas.

El plan de mi padre, que parecía perfecto, naufragó en el lago. Había recurrido a mi primo Carlos para corroborar mi horario escolar pero, descuidado como era, le confió los detalles de su idea. Carlos no dijo nada al principio pero luego de unas horas no pudo soportar el espectáculo de la desesperación de mi madre y confesó.

Guadalupe me dio alcance a la salida de la recámara, cuando estaba ya por bajar, la mochila al hombro y el resto de mis pertenencias remetidas en una bolsa del supermercado.

–Tú escribes –dijo con lentitud y torpeza, como si la lengua se le hubiera quedado inmanejable.

No supe responder.

–Escribe esto un día. Un libro.

Me tomó la mano. Volvimos a mirarnos y pude recordar, a trozos, su cuerpo, su respiración. Señaló con la cabeza al salón principal.

–Que lo lean. Que arranquen las hojas. Y se las traguen.

Formalizamos, en silencio, la promesa.

Bajé y no volvimos a vernos.

El abogado tenía una camioneta blanca. En algún punto del camino, al ver una tienda al costado de la carretera, se detuvo a comprar cigarros. Mi madre me preguntó si tenía hambre o quería algo de beber. Dije que no. Cuando insistió pedí un dulce.

La luz de un foco rodeado de insectos me formó un pequeño redondel sobre la cara. Era molesta, la luz.

Mi boca sabía a aceite.

El caballero de los espejos

I

Lo primero que escribí en la vida fue el *Quijote*. Tenía diez años y en el tedio veraniego agoté las variantes de batallas campales con soldaditos plásticos, de partidos (con canica a modo de bola) entre astronautas y caballeros armados y de dominadas consecutivas, en el patio, con el balón de futbol. Estaba aburrido. Cualquiera en mi sitio habría terminado por intentarlo.

Mi madre escribía, de tanto en tanto, cosas para sí. Conservaba una máquina de escribir negra, con una cinta entintada que conseguí devolver a la necesaria forma tensa a partir del enredijo en que la encontré. La extraje del armario de los tiliches con la intención de recontar una historia de espartanos que se me había ocurrido (al verla en el cine: de la emulación nace la narrativa) y que olvidé por completo al momento de posar los dedos en sus teclas.

Mi imaginación era menos espumosa de lo que tendría que haber sido, me temo, la de un niño. Visualmente era nulo. Había visto pocas películas (una, *El león de Esparta*, abordaba la matanza de los trescientos hoplitas de las Termópilas y me provocó un ataque de nervios del que tardé un día en recobrarme) y la mayor parte de lo que me rebullía en la mente estaba tomado de cuentos ilustrados. Pero entendía que había un mundo mejor y tenía claro el juicio que había escuchado en boca de mi abuelo: el *Quijote* era el libro central del idioma. Su despacho estaba adornado por aguafuertes con escenas cervantinas (comprados, todos, en un bazar). En el mayor de ellos, don Quijote vencía en una justa a su némesis, el Caballero de los Espejos, a quien se veía rodar por los suelos (pero en otro, arrinconado por mi abuelo y casi invisible tras la cortina, el de los Espejos, transmutado en Caballero de la Luna, embestía y derrotaba a don Quijote en las playas de Barcelona). Había, además, un espadón de Toledo pendiente del muro, con unas letras grabadas que declaraban: «Dom Quixote». Si uno iba a aprender, había que hacerlo del mejor.

Bajé de un estante de la biblioteca el ejemplar que poseíamos. Pastas de cuero, lomos cosidos, hojas finas como el papel de fumar. Tardé en comprender que el libro no comenzaba, como los míos, en la primera cuartilla de la derecha, sino que había que sortear antes una serie de fosos y obstáculos: proemios, prólogos, estudios, prefacios e introducciones profesorales (escritas por unos caballeros tan muertos como Cervantes) y, además, por supuesto, las dedicatorias y exordios poéticos del autor. Todo antes de llegar a la consabida (pero, para mí, aquella mañana, ignota) frase de «En un lugar de La Mancha de cuyo nombre no quiero…».

Al principio, mi método consistió en copiar, letra a letra, lo que Cervantes dispuso. Eso duró, creo, unas cinco cuartillas (todo el capítulo primero, que contiene más de la mitad de lo que los no iniciados saben sobre don Quijote, es decir, que era un puto orate), hasta que me aburrí de volver la cabeza entre el libro y la máquina, como si mirara un juego de tenis, el dedo detenido en el punto en que me había quedado o revolviéndose hacia atrás en busca de errores.

Mi madre trabajaba de sol a sol y, en el verano, yo pasaba la mañana en aislamiento, antes de que mi primo Carlos, que vivía a tres puertas, asomara por casa para ver si seguía vivo. Estaba, pues, solo. Me detuve a comer y, al volver al escritorio, cambié de estrategia. Estaba harto de ser un copista (y nadie me había expuesto aún las teorías que preconizan las ventajas estéticas del plagio). Tomé la historia en el punto en que iba y, luego de despedirme de Cervantes con una reverencia, improvisé. Cuando mi primo apareció por casa, ya tarde, había emborronado algo así como cuatro o cinco páginas de ocurrencias a modo de segundo capítulo. Acomodé las hojas junto a la máquina, en la caja negra que le servía de madriguera, y salí a la calle a jugar al futbol.

Carlos era siete años mayor. Tenía pelos enmarañados y piel cetrina y era tan flaco que los huesos le sobresalían como los resortes de un sillón: los pómulos, el tabique, los hombros, las rodillas. Era una araña o, mejor, una campamocha (lo que el resto del planeta llama una mantis). Así, también, de piadoso y cálido. Nuestro partido terminó veintiocho a cero, favorable a él, y al final me dolían las manos y el pecho por la cantidad de balones pateados como balas de cañón con que me había bombardeado.

Dediqué la mañana siguiente a escribir. Usaba el método de la zarza ardiente, que tanto recuerda al caos: las frases se formaban en mi cabeza y las transcribía con dedos suaves, lentos. No tenía idea del arte de la mecanografía y pulsaba las teclas con los índices y la barra espaciadora con los pulgares. He olvidado las aventuras que le endilgué al pobre de Alonso Quijano (o Quijada o Quesada, porque Cervantes nunca tuvo corrector de estilo ni continuista) pero no el golpeteo de las teclas ni la emoción de dejar caer palabras a la hoja como quien lanza moneditas a la fuente.

Luego de un lapso que puede haber durado lo mismo quince minutos que tres horas (la euforia es asunto momentáneo y al final la somete el cansancio), abandoné la máquina, la cuartilla empezada y una frase a medio resolver, porque la cabeza me daba vueltas. Caminé por el pasillo, abrí y volví a cerrar los cajones de un mueble que fungía como costurero, almacén de longplayers y depósito de copas bocabajo, me tendí en un sofá y, descalzándome, dediqué una hora a rozar la alfombra con los dedos de los pies. No oí llegar a Carlos porque me dormí y cuando abrí los ojos lo tenía a medio metro de la cara. Me miraba con una expresión como la que pondría una pistola que quisiera, de pronto, dar un mensaje.

–¿Qué putas madres escribes?

No había ocultado mi obra, que ya había crecido hasta alcanzar las quince cuartillas. Seguía allí, expuesta en toda su desnudez sobre la mesa del comedor. Una oleada de bilis me recorrió la garganta pero era tarde para intentar la escapatoria. Podría haber inventado que se trataba de una tarea pero ni siquiera Carlos era tan imbécil como para creer que alguien, en mitad de aquel verano de libertad, estaría metido en un proyecto de escuela. Y la verdad no era fácil de confesar («Quería escribir una historia sobre espartanos pero la olvidé y en lugar de ello decidí copiar el *Quijote*. Cuando me venció el aburrimiento, me puse a inventarlo y fue muy placentero, pero ahora estoy agotado y por eso me ves así, en la sala»). Hubiera sido mejor que me encontrara masturbándome con un bote de crema, un bistecito y el retrato de su hermana.

Nunca tuve el cabello largo: mi madre disponía que el peluquero me tusara cada mes, para que el costo de limpiar y atildar mi pelambrera se acercara al cero. Aun así, Carlos logró arrastrarme del pelo por los pasillos, volviéndose cada tanto para colocarme una patada en el costillar. Antes de que pudiera librarme de la pinza de su mano me empujó al ropero de los tiliches, de donde había tomado la máquina, y me dejó caer ante el umbral. A puntapiés logró que me refugiara allí, escurriéndome entre unos abrigos (recubiertos por bolsas de plástico, como cadáveres) y una torre de cajas de zapatos. Cerró la puerta con la llavecita metálica que reposaba en la chapa por siempre jamás.

Serían las tres de la tarde. Mis ganas de llorar eran notables pero mayores aún eran las de contenerme y evitar que Carlos tomara el llanto, esa señal universal de cobardía, como un motivo agregado para aporrearme. Me mordía el interior de las mejillas para mantener el silencio. Las lágrimas se me despeñaban de la barbilla, encharcaban mi cuello. Con el extremo de un abrigo me enjugué la nariz: sorber habría sido una confesión de consecuencias impensables.

Carlos jamás explicó el motivo de la golpiza y el encierro. Me parecía improbable que se tratara de un castigo por tomar sin autorización una máquina de escribir vieja (en todo caso, él no podría saber si mi madre lo permitía o no). Algo debe haberle molestado, en todo caso, en el hecho de descubrirme como aprendiz de escritor, porque dedicó las siguientes horas a ejercer la crítica. Trajo mis pobres hojas del comedor y comenzó a darles lectura.

En su voz, pastosa pero amanerada para imitar la mía, cada una de mis palabras se volvía una imbecilidad, cada frase una torpeza insoportable. Mi primo no sería una lumbrera, a sus diecisiete años, pero para cagarse en mis paginitas fue acertado y feroz.

Acabó por alejarse. Todavía pude escucharlo, a la distancia, reír. Hablaba por teléfono, quizá (desde nuestro aparato, claro) y volvía a escenificar la lectura de mis líneas ante sus amigos. Con alguien conversaría, supongo, o estaba tan loco como para celebrar a las carcajadas sus propios chistes sin que nadie lo azuzara. Al fin, luego de lo que debieron ser un par de horas (no me atrevía a abrir los ojos: me abandonaba a la oscuridad) resonó el portazo que anunciaba su marcha.

Intenté salir de la clausura sin éxito: la llave seguía echada. Carlos había decidido mantenerme preso. Cuando perdí la esperanza de que regresara, busqué un mejor acomodo entre las cajas de zapatos al fondo del armario. El olor a polvo y naftalina era mareante pero no desagradable. Debía mantener las rodillas pegadas al pecho pero, en principio, la molestia era pasadera. Las horas convirtieron, sin embargo, la postura en un suplicio y tuve que patear lo que pude para estirarme. O intentarlo. El polvo era la armada persa, El Caballero de los Espejos, el enemigo, en fin, y cercaba mis pulmones. La luz desapareció de la rendija bajo la puerta. Así supe que había anochecido.

Para ese momento, estaba más loco que don Quijote. Lloraba sin control y lanzaba coces con las fuerzas que era capaz de reunir. Me sentía oprimido, crispado. La oscuridad y el encierro me prensaban el cuello, me sofocaban. Una patada más violenta que las anteriores, al fin, botó la llave de la cerradura y, como por obra de un resorte, la puerta se abrió. Las cajas se desparramaron por el suelo y vomitaron zapatos, papeles, algún cuerpo metálico que rodó con estruendos de lata.

Derribado, humillado, permanecí unos minutos en los mosaicos del suelo. Sentía que los ojos iban a salir escupidos de mis cuencas. Mi cráneo latía como una de esas peras de aire con que limpian las máquinas de escribir. Solo el miedo a que mi madre me encontrara así, vencido, me impulsó a ponerme en pie, encender el foco e intentar el reacomodo de la escena del crimen. Metí los objetos desperdigados en las cajas (sin pretender reconstruir, desde luego, su orden inicial) y las apilé; recuperé la llave y la devolví a la cerradura; fui por la máquina, que seguía en el comedor, quietecita. Con un cierto temblor, la deposité en el estuche y la devolví al ropero.

Las hojas de mi obrita estaban desparramadas por todas partes. Carlos las había tachonado con letras de bárbaro, y luego de complementarlas con una variedad de dibujos obscenos que me caricaturizaban (un caballero armado, enano e imbécil, meándose encima), optó por arrojarlas a los aires. Recobré todas, me parece, incluida la que había alcanzado la parte trasera de un mueble. Una vez reunidas, las llevé al cesto de basura. Las partí en los pedazos más diminutos que pude. No habría sido capaz de volver a leer nada de lo escrito. Todas y cada una de aquellas palabras habían sido deshonradas y muertas.

Por primera vez en el verano, encendí el televisor. Me quedé dormido antes de que mi madre volviera a casa.

II

Mi madre falleció hará un par de años, en verano. El funeral fue sencillo, según los deseos de sus días finales de hospital (entre accesos de tos y raciones de oxígeno insuficiente) y acudieron a rendir sus respetos una cantidad asombrosa de personajes salidos de un pasado tan lejano que parecía falso. A última hora se hizo inevitable la llegada de los indeseados.

El primero fue mi padre, quien apareció al anochecer con su aspecto habitual: sedado, apático. Nadie llegó a entender por qué decidió presentarse con aquel saco de pana arrugado y la camisa abrochada hasta el último botón para aparentar seriedad. Le pedí a Aura, mi esposa, que lo llevara a tomar café a la terraza de la funeraria y le advirtiera que su presencia allí era tan deseada como la peste negra. Lo despachó antes de que lograra acercarse un milímetro al féretro. O a mí.

El primo Carlos y su esposa llegaron pasada la media noche, una vez dispersado el principal coro de dolientes: viejas compañeras del colegio, vecinas conmovidas, colegas de oficina y hasta una empleada doméstica, que había desaparecido de nuestras vidas junto con el pasaporte de mi madre y sus alhajas y que, luego de colarse en la ceremonia, se arrodilló a rogar perdón al féretro (aunque, al final, no devolvió las joyas y se escurrió antes de que le planteara las oportunas reclamaciones).

Carlos lucía demacrado. Analicé sus pómulos y los hundimientos de piel gris a su alrededor, las mejillas mal rasuradas, las escleróticas traspuestas por cien arterias carmesí. Olía al perfume de su mujer. Me abrazó sin fuerza y se aposentó en uno de los sillones laterales, junto a los últimos parientes de la noche. Aura, que me conocía, se llevó a la esposa a tomar tecito. Mi primo amagó con encender un cigarro pero, luego de percatarse de que no llevaba en el saco el encendedor, ganó la calle. Las canillas le asomaban bajo las perneras del pantalón. A contraluz era posible ver que unos pelos le saltaban como puntas de matorral de las orejas. Envejecer también es una muerte violenta.

Carlos quería hablar y yo retrasé con deliberación el momento. Me acerqué al corrillo de vecinas que rezaba el rosario y, junto a ellas, sin moverme, perdí la mirada en el resplandor del fuego y la polución de las velas. Lo miraba debatirse, en el sillón; a veces, a punto de ponerse en pie, desistía; otras cuchicheaba con la esposa, que asomaba de cuando en cuando. Trataba de darse valor.

El expediente de mi primo era el de cualquiera con sus talentos. Luego de quedarse a las puertas de completar estudios de economía (el apremio por ganarse un salario lo descarriló antes de la graduación), había desfilado por varios empleos decorosos: dependiente del área de electrodomésticos en un supermercado, operador de un *call center* (en inglés), coordinador de los operadores del mismo *call center* (pero en español), ejecutivo de ventas de una operadora de tarjetas de crédito y, para entonces, según mis informaciones, agente en la compañía de seguros Adventure y Asociados.

Mi madre solía darme noticias suyas y fingía no darse cuenta del desdén con que las recibía (así, con sordera, es como tantas mujeres sobreviven a la revelación de que sus crías son bestias henchidas de rencor). Nunca, desde que nos mudamos y dejamos de frecuentar a Carlos y su familia, inquirió los motivos del silencio o los monosílabos que dedicaba a sus informaciones («Tu primo ya es jefe del *call center*»; «Anda saliendo con una muchacha guapísima»; «Parece que se casa»...). Un cuarto de siglo transcurrió y las nuevas sobre mi primo aparecían de cuando en cuando en su boca y yo las ignoraba, tal y como ella pasaba por alto la erosión del tabaco en sus pulmones.

Me ardía la garganta. Algunos, si odian, sufren dolencias en la boca del estómago; otros experimentan picazón de manos o pies. Yo resentía en el paladar y la faringe cada impulso verdugo. Mi primo me alcanzó, al fin, cuando las rezanderas se marcharon y Aura se llevó a las nenas a casa, para que reposaran antes del sepelio. Traía en las manos un par de vasos de café. Me ofreció uno, que rechacé y terminó apoyado en el basamento de una de esas columnatas seudogriegas que los funerarios procuran a sus locales.

–Vi a tu padre –aventuró.

Quizá porque había demorado en atenderlo, Carlos olvidó el tacto que requiere un velatorio. Hablar de mi padre era una forma infalible de exasperarme. Lo notó y resopló. Pero en aquel salón cada vez más vacío, nadie parecía estar ansioso por interrumpirnos y después de un silencio de dos o tres minutos pudo pasar a las confidencias.

Su propia versión de la historia era idéntica a la que conocía. En su capítulo más reciente, había saltado de las tarjetas de crédito a la venta de seguros y obtenido triunfos admirables, como el bono de agente con más pólizas firmadas durante dos años consecutivos. Pero mantener a su familia, una mujer dedicada al hogar y dos varoncitos en edades escolares, no era barato. Un agente de seguros no podía darse el lujo de una mala racha como la que atravesaba: tres meses sin un trato equivalían a la hecatombe. El alquiler, las colegiaturas, la compra semanal se volvían metas inalcanzables si no fluían comisiones, recompensas, premios. Y su automóvil había tenido a bien descomponerse. Lo suficiente para detenerlo. Un problema con la marcha, una serie de ajustes y recambios de piezas que había retrasado, primero por agenda, después porque debía dedicar los ahorros a mejores fines. Y lo que deseaba exponer era que, despojado de vehículo, su trabajo se complicaba.

Escuché su lamentación. Pensaba en las disertaciones de don Quijote, aquellas parrafadas en las que proponía, por ejemplo, que el de las armas era un ejercicio más necesario y honroso que el de las letras.

El muy idiota.

Hacía años que no lo repasaba. Ahora leía cosas como Benjamin o Bulgákov y eso por hablar solo de la letra be.

Carlos quería veinte mil, a ser posible de contado. Prometía devolverlos en pagos fijos y completar la cantidad antes de cinco meses, una vez que recobrara el ritmo y las comisiones fluyeran, de nuevo, como un río de miel. Veinte mil, repetía, para sacar el automóvil del taller (en el que estaba retenido, a la espera de que la factura de las reparaciones fuera liquidada) y sobrevivir unas semanas mientras el negocio se recuperaba. Su voz era un silbido.

–No me hubiera atrevido pero ya ves. Estoy atorado. Y la última vez que vimos a mi tía, nos dijo que te iba bien con lo de los libros...

Sonreí. Le hubiera caído a patadas pero el cuerpo de mi madre reposaba al fondo de la habitación. Firmé un cheque con la misma estilográfica con que había rellenado los papeles de la funeraria. Carlos lo recibió con expresión humilde.

–¿Lo leíste? ¿Nada que corregir? –dije con frialdad de foca. Por supuesto no entendió. O fingió no hacerlo.

Pedí los papeles del automóvil como garantía y me justifiqué explicándole que era lo usual (y lo era, al menos entre los agiotistas de barrio que mandan romper las rodillas de los morosos). Carlos palideció aunque renuncié a cobrarle intereses. Una tasa mínima de familia, pensaba decirle. Pero me contuve. Su dignidad andaba de vacaciones: para qué abusar. Si había recurrido a mí era, de entrada, porque nadie más en el planeta había accedido a facilitarle el dinero. ¿Quién le prestaría un centavo a un pobre diablo que *vendía cosas*?

Improvisé un recibo en una hoja de papel con el logotipo de la funeraria y lo acerqué a su mano temblona. Entregó los documentos del automóvil en una carpetita azul. Los tenía preparados: era probable que, de haberme negado yo, un prestamista hubiera sido la siguiente estación en su camino. Agradeció el trato con una reverencia y, luego de escurrirse de la sala principal y cerrar la puerta tras de sí, volvió a la calle.

Lo vi alejarse a través del ventanal. Daba pasitos vacilantes de bebé y se apoyaba en la mujer, que quizá hubiera sido guapa quince años antes y no lo era más.

Tuve el impulso de ir a casa, sacar de la biblioteca el ejemplar del *Quijote*, que veinticinco años antes hurté del estante y guardé para mí, y releerlo con todo y prolegómenos. Pero mi madre no podía quedarse sola. Me conformaría con un café.

Alcancé la puerta de la sala y empujé.

Nada.

No se movió.

La chapa no giraba. Tiré de ella y se me escurrió la mano. Estaba helada; permanecía inamovible. Una ira carnicera me cegó. Pateé, jalé, empujé con el hombro, vociferé el nombre del velador, invoqué a todos, a quien fuera, a cada persona en la vida a la que pudiera mencionar por nombre, a las putas de sus procreadoras y los cornudos de sus padres.

No hubo, desde luego, respuesta.

La funeraria estaba totalmente vacía.

La puerta de la sala había sido tallada en una hoja de roble tan ancha como redonda era la mesa de aquel Arturo, cuyo nombre pesaba sobre mi espalda, y al cual tanto admiró el señor Quijano. Estaba encerrado. De nuevo. Puerta inamovible, barrotes de hierro en las ventanas.

Pero algo quedaba, esta vez: las caballerías, la sátira, la rabia, mi madre en la oscuridad, las veladoras que la honraban.

El teléfono hubiera podido liberarme (no era un niño arrinconado en un armario: pude llamar a Aura y habría corrido a mi rescate). Pero no: preferí escurrirme a un sillón, aflojar la corbata, permanecer en la oscuridad.

Llamaría al banco, reportaría el cheque de mi primo como robado. O no. Hay decisiones que deben meditarse a fondo.

Las armas, buen señor, las armas o las letras.

Tenía lo necesario.

Solo habría que ponerle palabras.

Y llamar al banco, desde luego.

Quinta temporada

1. Situación

Al unirme al equipo de escritura del serial *Reinos desaparecidos* el estado de mi economía era el siguiente:

* Ningún trabajo en curso o en vías de comenzar. Es decir, la pesadilla del ingreso cero.

* Hipoteca con dos meses de atraso y un interés compuesto que nos comía vivos. Nuestra casa había sido adquirida gracias a un empleo en el sector público que conservé por años solo para liquidar el enganche y al que renuncié antes de que el salario se fuera en psicoanalista, clases de yoga y antidepresivos.

* Servicios de la casa (agua, electricidad, red, gas) pagados con toda regularidad.

* Colegiaturas de las niñas al día. En eso éramos tajantes.

* Ahorros para seis meses si se eludía la hipoteca. Si nos poníamos al corriente, la cifra se limitaba a dos. El riesgo del impago era, desde luego, perder la casa.

* Cuentas bancarias personales reducidas a lo necesario para salir con los amigos una vez al mes.

* Tarjetas de crédito saneadas pero escondidas en el fondo del cajoncito de las pantaletas de Aura, mi esposa, para evitarnos, en lo posible, la tentación de su uso (si ponías lencería de por medio, resultaba más improbable que llegaras a las tarjetas sin cambiar antes de idea: ese era nuestro plan).

* Dos abonos por liquidar de un set de batería Pearl, color rojo sangre, que compré con parte del anticipo de mi última novela, y que, en un momento de imbecilidad, decidí pagar a plazos en vez de en efectivo. Tocar la batería había sido mi vocación primigenia, que debí abandonar a los veinte años en favor de empleos remunerados y estabilidad. Ahora, adulto, la escritura se había convertido en profesión (ventas decorosas, críticas compasivas y optimismo desbocado eran los culpables), y tocar aquella batería era una felicidad con salpicaduras de venganza.

* La novela dichosa estaba en poder del editor pero faltaban meses para su publicación y, al menos, un año antes de que viera reflejada en el banco cualquier posible ganancia por regalías.

* Aura, a punto de tomar un segundo empleo. No era la primera vez que sucedía pero el sacrificio resultaba mayúsculo: llegar a la noche, los dos, agotados, irritados, con las fuerzas contadas para servirles la cena a las niñas.

Todo esto significaba que la situación no era desesperada aún pero lo sería en cosa de semanas.

2. Explicaciones

¿Cómo llegamos a esa vía muerta? Por una serie de malas decisiones que podrían resumirse con la conocida etiqueta de «vivir por encima de las posibilidades» que los columnistas financieros nos arrojan a la cara en ciertos momentos del año (cuando anuncian que los créditos insolubles amagan con hundir el sistema financiero mundial y sofocar la democracia, por ejemplo):

* El año anterior había sido de facturación récord pero nuestros ahorros solo representaron el veinte por ciento de lo ganado.

* Asumir que los buenos dividendos serían permanentes, pese a que los beneficios en mi negocio eran, casi directamente, producto del azar.

* No ahorrar nada de lo ganado por Aura en su propio negocio (todo se iba en los gastos operativos de una vida casi lujosa: clases extra para las niñas, nueces de la India por kilo, persianas de mecanismo alemán…).

* Compra de aparatos eléctricos de última generación. Cambiamos las computadoras (Aura diseñaba y eso requería la mejor máquina posible; las niñas tenían que responder tareas en línea y hubo que conseguirles equipos propios; yo escribía, lo cual no requiere de nada glamoroso, desde luego, pero mi afición a los videojuegos modificaba la ecuación). Cambiamos, además, lavadora y secadora por modelos nuevos (la ropa salía de las anteriores con borritas y una consistencia similar a la del pan de centeno). Les dejamos el viejo televisor a las nenas y adquirimos una pantalla plana de cincuenta y cinco pulgadas con las más avanzadas innovaciones (que no consigno aquí porque habrán cambiado al momento de leer ustedes esta confesión de parte; solo les pido que, en su cabeza, actualicen el aparato y lo miren como el exceso que era). Lo que gastamos en aquella pantalla era notable para personas que, como nosotros, no veíamos televisión (yo había per-

dido la costumbre, incluso, de seguir los juegos de futbol porque Aura los detestaba: vomitaba las voces chillonas y las expresiones asnales de los locutores). La pantalla la usábamos para ver películas durante los minutos que transcurrían entre el momento en que nos íbamos a la cama y el instante en que nos quedábamos dormidos (una de las ventajas del sistema era que se apagaba después de un rato de no recibir señal de uso del control remoto).

* Vacaciones costosas. Mis cuñados, gente trabajadora y entusiasta, habían llevado a sus hijas a conocer Disneylandia. Nosotros, que nunca antes tuvimos intención de confrontarnos con ellos en ese terreno (solía bastarnos una visita anual a la playa más cercana o un fin de semana en los cerros que rodeaban la ciudad) contraatacamos invitando a las nuestras a recorrer todas y cada una de las pirámides mayas del mapa nacional. Consumar esa visita a nuestro glorioso pasado prehispánico involucró boletos de avión, hoteles, automóvil de alquiler, restaurantes y souvenires (algunos rarísimos, como la estatua de resina de Depredador, el monstruo espacial, pero aderezado con plumas y un taparrabos, de la que nuestra hija mayor se enamoró en el mercadito para turistas que rodea Chichén Itzá).

* Exceso de salidas a cenar. Filetes de a quinientos. Tapas de jabugo maridadas con manchegos curados. Codornices (en plural, en plan parvada). Todo regado con caldos ibéricos. Así no se ahorra.

* Zapatos de diseñador. Esos fueron, lo confieso, una compra personal: unos Doc Martens negros con agujetas amarillas que siempre quise y obtuve. La versión china era aceptable pero las agujetas de color debían comprarse aparte. La británica, cortada y cosida a mano, era superior. En comodidad y, sobre todo, en precio. No me importó.

Otras pifias administrativas de bulto:

* No adelantar pagos de la hipoteca cuando existió la posibilidad (nos fuimos de viaje al Mayab, como he dicho, en vez de rebajarle once meses al crédito bancario).

* Encharcarse en otro crédito, muy desventajoso, para un automóvil, que tardó demasiado en liquidarse y consumió recursos que pudieron invertirse mejor (aunque era verdad que llevar y traer a las hijas del colegio, la natación, el taekwondo, los cumpleaños, piñatas y pijamadas con el viejo chevy era una osadía, en especial luego de aquella ocasión en que nos quedamos sin frenos y milagro que no termináramos al fondo del Lago de Chapala). La camioneta fue, pues, una compra justificada. Los asientos de piel, sin embargo, y la doble pantalla navegadora, es probable que resultaran una exageración.

3. Tentativas

Las medidas que puse en marcha para revertir la embrionaria crisis familiar fueron múltiples y, como sucede en las mejores planeaciones estratégicas, incursionaban por campos muy diferentes, con el objeto de multiplicar las posibilidades de acierto.

* Envío de correos de salutación a amigos y conocidos del *medio* editorial. Según el grado de confianza, los mensajes iban del superficial «a ver si platicamos de unos proyectos que tengo» al «dame trabajo, no seas cabrón».

* Respuesta a correos con ofrecimientos que fueron descartados (y ni siquiera respondidos) en épocas boyantes. Comenzaban con cantaletas similares: «Querida/o: disculparás el enorme retraso para responder pero es que…». El

grado de cercanía, de nuevo, marcaba el resto del mensaje. A los desconocidos les decía que sus amables propuestas habían caído en la bandeja de los correos no deseados pero me aprestaba a aceptarlas. A los allegados les refería el terrible ritmo de trabajo de los tiempos recientes (una falsedad: llevaba semanas empeñado en terminar un par de juegos de video y leer libros que exigían poca concentración, como la autobiografía de Ozzy Osbourne o un ensayo sobre la fascinación de la novela de aventuras decimonónica por los escotes rozagantes).

* Concertación de desayunos de trabajo con personajes con el (hipotético) poder como para ofrecerme «algo» inespecífico pero, en teoría, jugoso: edición de informes de entidades públicas o combativas oenegés, revisión de textos firmados por un figurón analfabeto (chef, político, cantante), redacción de artículos para ser vindicados por algún otro figurón (literario y perezoso).

* Publicación de mensajes en las redes en los que solicitaba trabajitos con un tono de chanza que engañaría, superficialmente, a quien no estuviera al corriente de mi situación.

Las respuestas a estos movimientos tan calculados fueron, de entrada, desesperanzadoras.

* Los amigos y conocidos del *medio* suelen ser flemáticos como caracoles para responder cuando su ayuda es requerida. Solo los de mayor confianza se sintieron aludidos por mi SOS y sus ofrecimientos correspondieron a la categoría de «voy a mandarle cualquier mamadita a este pobre», es decir, la abierta lástima: textitos de cuartilla y media y cincuenta dólares de factura, etcétera.

* Otro tanto sucedió con el intento de rebañar el plato de los ofrecimientos desechados: los pocos interesantes

habían sido reasignados ya a tipos mejor educados que yo y solo quedaban los soporíferos (impartir un taller en el centro cultural del municipio), modestos (colaborar en una revista de medio pelo), humillantes (entrevistar a un colega en mejor momento, como mi premiado amigo Esteban Gallego, narrador intimista pero militante radical de todo lo que mereciera ser militado) o mal pagados (oficiar como juez del concurso de relato corto de una web).

* El único resultado de los desayunos fue que se me invitara, por tercera vez en la vida, a ser editor de portada del periódico en que me formé. La primera fue un honor que me abrumó. La segunda, una decisión juiciosa para la estabilidad familiar. Ahora, cuando mi carrera literaria amagaba con derrumbarse, volver al periódico sería reconocer una derrota de proporciones homéricas (y cancelar o al menos complicar al extremo mis tiempos de escritura). Y me negué.

* Los discretos mensajes de «mándenme trabajo» en la red apenas cosecharon respuestas solidarias de «a mí también» y un puñado de jajás que no necesitaba. La exclusiva consecuencia práctica fue que una fotógrafa me ofreció posar para un calendario en el que aparecerían desnudos ciertos artistas locales. Pero era un trabajo sin paga, por el mero gusto de mostrarles las verijas a los demás. Ni siquiera me tomé la molestia de responder.

Las semanas perdidas en esos intentos y los magros resultados me sumergieron en un estado de protodepresión que intenté combatir con vino importado y tapitas de serrano.

4. *Deus ex machina*

Pancho Borja era bajito y fornido. Tenía una piel cerúlea en la que venas y tendones resaltaban como el encordado de un barco y una insobornable capacidad para llevar desabotonada la camisa y mostrar la rebanada de un pecho lanudo que comenzaba a encanecer. Lo conocía de oídas antes de que nos presentaran: Pancho había organizado la mitad de los cocteles, inauguraciones, conciertos, lecturas, festivales y ferias en las que se embriagaron los escritores de la generación anterior a la mía. Cuando comencé a publicar, sin embargo, se encontraba en una residencia de estudios británica en la que empeñó un decenio. No nos tropezamos, pues, sino a su vuelta. Coincidimos en una feria perdida del sureste. Pancho oficiaba ahora como editor, traductor, agente, *scout* y promotor. Me fue descrito siempre como eléctrico y «movido»: era, en realidad, una fuerza de la naturaleza. Hablaba a tal velocidad que resultaba complicado entenderle. Yo, que prefería la voz baja y no solía cruzar palabra con quien no conociera de años, trastabillé al estrecharle la garra de primate y salí de aquel encuentro con la impresión de que Pancho, quien no me permitió intercalar una sola frase en su monólogo, me creía imbécil.

Pero no era así. Al menos no tanto.

Reclinado en el sofá de mi estudio, como sultán turco en cuadro del romanticismo, cavilaba acerca de cuánto dinero podríamos obtener del remate de nuestros aparatos electrónicos y el automóvil, cuando el teléfono vibró. Respondí sin mirar la pantalla. La voz ensordecedora de Pancho se me estampó en el oído medio.

–¡Hermano! ¡Te tengo un ofertón!

5. Los motivos del lobo

Durante un tiempo atribuí aquel telefonazo providencial a la impresión que mi novela *El hombre sin alas* (que le obsequié cuando nos presentaron) hubiera podido causarle. Me equivocaba. Yo era su última opción. El ofrecimiento de integrarse al equipo de *Reinos desaparecidos* le fue presentado antes a mi amigo Esteban Gallego, quien dudó unos días antes de descartarlo (porque no hay escritor que acepte trabajo mientras el dinero de un premio siga caliente en la cuenta bancaria). Cuando Gallego dio el no, el puesto se le ofreció, en ese orden, a Esperanza Barilla, Juan Gabriel Lima e incluso a mi némesis, Rafaela Wagner, reseñista especializada en teoría crítica, cultura pop y terapia de constelaciones familiares (y la llamo némesis puesto que había publicado, años atrás, una reseña muy negativa de mi tercera novela, *Llama fría*, basándose en unos párrafos bastante oscuros de Foucault, en los que, aparentemente, el buen hombre desestimaba a mis personajes cuarenta años antes de que se me ocurrieran).

Los motivos para que las personalidades más brillantes de nuestras letras rechazaran la posibilidad de integrar las filas de un proyecto de escritura corporativa eran fáciles de entender, al menos si uno era capaz de comprender a los escritores típicos de nuestra generación:

* Escribir para la televisión de paga representaba una claudicación en la lucha contra el mercado que al menos dos de los implicados (Wagner y Lima) pregonaban. Porque si la televisión no era el rostro más crudo y evidente del mercado, ¿qué carajos era?

* Barilla, por su parte, jamás había escrito un texto que contuviera personajes, historia o siquiera oraciones con sujeto y predicado. Comprensiblemente, pasaba del asunto.

* Los tres eran económicamente independientes, gracias al hecho de haber tomado la precaución de ser hijos de acaudalados empresarios. Aquellos acaudalados empresarios, por su lado, habían tomado antes la precaución de casarse con mujeres muy hermosas, por lo que Barilla, Wagner y Lima eran, además de ricos, guapos. Recurrían a la herencia, les ofrecían un puestazo universitario o les asignaban una beca y ya. No necesitaban ganarse la vida: la tenían ganada.

6. La oferta

Apenas Pancho terminó de explicar los pormenores del empleo y enlistó el salario y las prestaciones, acepté. Por lo general consultaba con Aura cualquier decisión de tal calibre, pero me ganó la prisa y el miedo de que el promotor tuviera a la mano una lista de candidatos más amplia de la que había hecho evidente y que, luego de haber fracasado con el primer nivel (del cual yo era, tuve que aceptar, el más modesto escalón) pasara al segundo. Porque en él, cualquier tiburonazo como Pepe Torres-Rico o Anita Leitmotiv, redactores sin nada similar a un escrúpulo, que lo mismo firmaban novelas románticas aztecas que tostones posmo, aceptaría por la mitad del dinero.

En resumen, lo que Pancho expuso fue:

* *Reinos desaparecidos* era un serial filmado en escenarios naturales de Escocia, Gales, Noruega, Holanda, Bir-

mania y Yucatán, así como en un soleado estudio ubicado junto al mar de California.

* Knut Mandelstamm, autor de las cinco novelas originales en las que se basaba el serial, acababa de morir por culpa de un derrame cerebral masivo (es decir, una mezcla de obesidad, hipertensión, alcoholismo y abundantes orgasmos en manos de prostitutas asiáticas), sin redondear la historia, que llevaba al aire cuatro exitosas temporadas y necesitaba, forzosamente, de un *grand finale*.

* Acosados por el riesgo de que se esfumara el éxito y conmovidos por la histeria que había cimbrado a los patrocinadores y a millones de fanáticos alrededor del globo, los productores decidieron contratar un equipo estelar de guionistas, conformado tanto por profesionales de la escritura televisiva como por literatos de diferentes geografías. Gente, en palabras de Pancho, «con un nivelazo». Esto, porque la historia de *Reinos desaparecidos* se desarrollaba en un mundo de fantasía en el que convivían culturas inspiradas, claro está, en las del planeta que habitábamos, pero con atavíos de piel, lana, cuero y metal que solamente los sadomaso habrían utilizado *motu proprio* en estos lares.

* Así, pues, la línea argumental que abordaba los hechos de los rubios y belicosos guerreros «warg» sería escrita por un equipo de nórdicos, anglosajones y germanos encabezados por la hija menor del difunto, Mindy Mandelstamm.

* Mientras, los fanáticos y sanguinarios «albus» serían puestos en manos de una caterva de italianos, franceses y rumanos.

* Lo que correspondía a los sobrios y místicos caballeros «yuan-yen» sería trabajado por un grupo de especialistas asiáticos muy curtidos en el arte magnífico de las cintas épicas (*nota bene*: el mejor cine heroico del mundo, como

cualquier aficionado sabrá, es el chino, seguido de cerca por el coreano y el japonés).

* Dos equipos de afroamericanos y «latinos» nos encargaríamos, respectivamente, de los pueblos del sur, es decir, los «boa-boa» y los «solaris», menores dentro de la trama pero sumamente populares en las encuestas (la memorabilia referente a unos y otros se contaba entre la más vendida en el sitio web vanishedkingdoms.tv).

* El salario era cosa tremenda. Y en dólares. Y las prestaciones incluían un seguro familiar (cuyo deber era salvarnos del cáncer, el papiloma y las caries). Y lo mejor: no tendría que salir de casa para trabajar: escribiría en mi estudio y un coordinador, con oficinas en Miami, sería el encargado de recopilar lo que produjéramos, y luego juzgarlo, corregirlo y enviarlo al equipo central, localizado en Londres.

* Los demás «latinos» ya estaban contratados. Todos resultaban ignotos para Pancho, con excepción de uno: el filósofo catalán Pere Millet. ¿Qué hacía el gran Millet, autor de esa biblia del desarraigo que era el tratado *La antipatria*, en el equipo de *Reinos desconocidos*? «Pues parece que es fan», confesó Pancho. Los otros elegidos eran la poeta cubana Melanie Parana (a ella la recordaba de un coctel en la Feria del Noroeste, en el cual bailó con la mitad de los asistentes, hombres y mujeres, y, luego de cansarlos, bailó sola, contoneándose como diosa) y el guionista argentino Hipólito D'Aquino. Nos coordinaría, desde Miami, el veterano Paul Hernández, libretista original de *Hermanos, primos y tíos*, la primera serie con protagonistas latinos en alcanzar horario estelar en un canal de cable de la Florida.

* La temporada constaría de una treintena de capítulos. En cada uno habría, cuando menos, un par de secuencias

solaris. La misión era conseguir que resultaran memorables y que, como sucedía con el resto de la serie, evocaran a la vez a Shakespeare, Barbara Cartland y Conan el Bárbaro.

El contrato llegó por correo electrónico a la mañana siguiente. Para festejarlo, Aura y yo hicimos el amor como noviecitos adolescentes (solo que mejor) y salimos a comprar edredones para las camas de la casa. De plumas. Finlandesas.

7. Mis compañeros

Pere era pálido, pecoso, con cabellos blancos como la corola de un alcatraz rodeándole la baja nuca. Tenía ojos añil, dientes zigzagueantes y no estaba circuncidado. Supimos eso sin quererlo: en la fotografía identificadora de su red aparecía desnudo. El dato, que le confió Melanie Parana apenas comenzó la primera junta en línea del equipo, pareció desconcertarlo (se le vio, en el recuadro del video, calarse los lentes; se le oyó bufar). Pidió explicaciones como si pudiera ser que todo se tratara de una broma de la Parana (que, claro, reía, y decía: «Que se te ve toda la pinga, Pere, papito») antes de comprender la magnitud de su yerro. Lo oímos espetar «la puta madre de Jesús el Cristo» antes de que la imagen desapareciera. «Pasa que esta birria la uso para ligar. Un minutito». Su retrato en pelotas se esfumó, al fin, de la pantalla.

Pronto estuvimos de acuerdo en la distribución de los roles de trabajo.

* Melanie, toda risas y toda mohines, con esas locuciones tan caribeñas que terminaban por sonar impostadas (y ella, por si acaso, vivía en París), aseguró que escribiría las escenas de cama, programáticamente abundantes en la

serie. Era una mujer rotunda, morena, de ojos achinados y resultaba imposible poner en duda su maestría, ratificada una y otra vez por tórridos poemarios como *Aguas menores*, *Hacer deditos* y, sobre todo, el contundente *U(r)b(r)e*.

* Pere, que era el último ser humano que dominaba como un exégeta monacal las obras de Hobbes, Hegel, Marx y los hermanos Weber (no confundir, por obra del oído residual, con los Hermanos Marx), se haría cargo del rollo político.

* Yo, condenado a ser el más puramente narrador del grupo y sin más mérito para estar en él que unos pocos libros bien leídos en la juventud y unas apremiantes necesidades monetarias, tendría que ocuparme de maquinar los episodios bélicos y dramáticos principales.

* Hipólito, que no tenía interés en el sexo, la política, la guerra ni la humanidad de *Reinos desaparecidos*, sino en el materialismo dialéctico (era un tipo inane: flaco, de pelos rubios y enmarañados, con la lentitud verbal de un adicto a los calmantes) llevaría la responsabilidad de la corrección de estilo, la edición general de los textos y el trato con el coordinador.

8. Bitácora

Los primeros días de trabajo fueron de tersura sospechosa. Mi rutina era una delicia:

* Cada semana recibía por correo la línea general de la trama, llegada de Londres en un mensaje encriptado que solamente la contraseña que me fue proporcionada podía descifrar (el contrato era muy benévolo salvo por un aspecto: cualquier filtración se castigaría con una multa pavorosa).

* Sobre esa línea general «bocetaba» la escena, sin apartarme una letra del listado de personajes, acciones y reacciones proporcionado. Si requería un episodio de cama, Melanie lo proporcionaba en un par de horas mal contadas, aderezado por una multitud de acotaciones sobre promontorios, humedades, fluideces y sudores que resultaba imposible saber cómo diablos serían interpretadas por los asistentes de producción.

* Una vez armada una secuencia, la enviaba a Pere. Cuando él confirmaba su lectura, nos enlazábamos en conferencia para que el filósofo me ilustrara sobre las posibles incorrecciones políticas o sociológicas de lo narrado. Esto, en términos de la política y la sociología de *Reinos desaparecidos*, es decir, bajo el postulado de que los solaris eran seres apasionados, espontáneos y, por lo tanto, impredecibles. La verdad es que Pere nunca halló nada demasiado académico que comentar («Estos sujetos son bestias, lo único que hacen cada semana es desollar boa-boas y follar como cabras»). La verdadera vocación de Pere eran los diálogos. Comenzamos por sostener duras discusiones al respecto de sus propuestas de incluir modismos ibéricos (o rasurar los mexicanos o cubanos que creía detectar por todas partes). Una vez que se convenció de que aquella pulseada era inútil, porque todo sería traducido al inglés y de allí a las lenguas guturales que Mandelstamm había inventado para sus pueblos (*Reinos desaparecidos* era la primera serie subtitulada por completo, sin un solo diálogo en un lenguaje real en la historia de la televisión), pareció liberarse y comenzó a formular parlamentos para todos los personajes. Por docenas. Como si una voz celestial se los dictara. Algunos de ellos impregnados por un sentimentalismo muy difícil de suponer en un Doctor en Filosofía por Tubinga, especializado en

prosas teutonas y herméticas. Pero no. Si yo escribía algo como «No te daremos esa satisfacción, maldito boa-boa», Pere se sacudía en su asiento y contraproponía: «Antes beberíamos la sangre de nuestras hijas y yaceríamos con los carneros dedicados a los Dioses que permitirte una mínima victoria en nuestros campos, miserable Piel-de-Cerdo». Y agregaba entonces un asterisco con su propuesta de traslación: «Pigskin». Estas cursilerías me irritaban en principio, pero con el paso de las semanas me habitué a ellas, al grado de que mis propios diálogos comenzaron a parecerse, fatalmente, a los de Pere: «La soledad es la carga del Amo: el siervo tiene, al menos, el consuelo de la insignificancia». Escribía estas idioteces y me quedaba tan tranquilo. Pere y yo hicimos buena amistad. Despachábamos las secuencias en dos patadas y dedicábamos el resto de los enlaces a intercambiar confidencias, ironizar sobre los episodios de Melanie (que transitaban sin sonrojo a través de coitos, estupros, incestos, felaciones, dedeos, jadeos, pujidos, bestialismo y masturbación religiosa) y especular sobre el posible o imposible éxito de la quinta temporada. Poco a poco, se hizo costumbre que nos enlazáramos a eso de las tres de la tarde (las diez en la playa de Mataró, en la que Pere residía) y bebiéramos un jerecito mientras charlábamos. Le narraba al filósofo mis apremios financieros, las anécdotas de mis hijas, la frustración que me corroía por no ser, de momento, capaz de otra escritura que no fuera la de las secuencias nuestras de cada semana. Él, por su lado, me relataba sus tardes vacías, el tedio del divorciado, la frialdad de su hija veinteañera, la crueldad pasmosa de su ex mujer, maridada ahora con un funcionario cultural cualquiera. Tampoco era un momento productivo en la vida de Pere, aunque tenía casi a punto un ensayo sobre Nietszche,

Fichte y Stirner que, una noche de entusiasmo, me envió para que le diera mi opinión. Correspondí su gentileza con el envío de los cinco primeros capítulos de una novela que preparaba (y que se había quedado, de momento, en astillero). Pere siempre se despedía del mismo modo: «Me salgo, querido, que es hora de la pajita». Llamaba así a su adicción por conectarse a sitios con espectáculos de sexo en vivo protagonizados por chicas de diversas partes del planeta, según sus apetitos (y no tenía problema en hacerlo porque mi amigo era un notable políglota, capaz de darle instrucciones muy precisas a una *web girl* ucraniana).

* Una vez revisado el material que alistábamos, se lo enviábamos a Hipólito. Él lo leía, editaba, ajustaba, pulía y lustraba tal como se había comprometido a hacer. Pero, ya que también le correspondía discutir la versión final con Miami sin rendirnos cuentas de sus acuerdos, en un primer momento no hubo retroalimentación. Su carácter hosco y medio retardado tampoco propiciaba intercambios. La primera vez que le pregunté qué le había parecido el trabajo semanal respondió en una línea: «Lo veo con el flaco allá, chau».

9. Preocupaciones

Animado por los comentarios de Pere y con la cabeza rebosante de ideas sobre vida y lenguaje gracias a la lectura de su ensayo sobre alemanes (titulado, provisionalmente, *Alejaos de mí*), retomé la escritura de mi novela. En resumen, la trama central era esta:

* Un par de hermanos, infante uno y adolescente el otro, sufren en primera fila las humillaciones a las que es

sometida su madre, vendedora de seguros, por una serie de canallas: pretendientes, acosadores, jefes, clientes. Ganarse la vida es cosa complicada para una divorciada guapa y la familia vive al borde de la miseria. El padre solo aparece como una referencia amarga o, muy esporádicamente, como un sujeto frío, distraído, ensimismado.

* Ambos hermanos crecen y sobreviene una temporada de alejamiento (estudios y empleos les permiten independizarse), en la que la madre enferma y muere.

* Los hermanos se reúnen en el funeral. El mayor es profesor universitario; el menor, periodista. Ambos deciden cobrar venganza de aquellos que maltrataron y sobajaron a la madre.

* El final no lo tenía tan claro pero debía producirse una tragedia espantosa.

Como marcaba nuestra costumbre desde que éramos pareja, hacía decenio y medio, le mandé un correo a Aura con un esquema del proyecto y las cuartillas de avance. Así había hecho siempre, con relatos y novelas. Me interesaban sus opiniones porque Aura era una lectora ejemplar, aguda y exigente, a la que de nada valía explicarle de viva voz algo que el texto no hubiera dejado claro.

Su respuesta llegó horas después (justo cuando la hora de la pajita se acercaba y Pere cerraba el enlace):

* «¿Qué pasa con tu historia? ¿Por qué usas palabras que jamás te he oído? ¿No te parece que le estás copiando a tu amigo español? Y, sobre todo, ¿por qué utilizas incisos y esas marcas con asteriscos? Nunca habías escrito de ese modo: escribías de corrido. No entiendo. ¿Es culpa de la serie? ¿Te obligan a escribir así?».

Sentí un estacazo seco en el cuello, eso que mi madre llamaba un golpe de conejo. Las lecturas de Aura, antes, habían provocado roces, puyas, alguna discusión. Nada tan devastador como aquello. Permanecí en la silla de mi despacho con la mirada en la pantalla. Me di cuenta de que tenía los puños apretados a un extremo doloroso cuando me tronaron los huesos de los pulgares.

No supe qué argüir. Cerré el correo y apagué la máquina. Aura no bajó a cenar y tuve que preparar la avena con miel para las niñas sin su consejo (por alguna causa, a ella le quedaba en su punto, mientras que yo solía obtener una masa grumosa y detestable). Quedó tan mal que acabé llamando a las pizzas. Acosté a las niñas unos minutos antes de la hora habitual. Les di un rápido beso en la frente. Debo haber tenido cara de condenado a muerte porque Aura, cuando llegué a la recámara, me miró con espanto y apagó el televisor. No se atrevió a preguntar qué pasaba, aunque lo supondría. Me obsequió un tibio «buenas noches» antes de darse vuelta a la pared y quedarse dormida.

Encendí la pantalla gigante y descubrí que había estado mirando una película porno (el canal seguía sintonizado y los créditos finales no dejaban dudas: en el fondo, podían mirarse tomas ginecológicas en cámara lenta y colores altocontrastados). No es que me escandalizara, pero aquello resultaba inesperado en extremo.

Entonces recordé.

10. El error

Había sido involuntario. Uno, lo sabemos desde siempre, no controla lo que sueña. Los esfuerzos de Freud, Jung, Lacan y la doctora Encarnación Mendieta apenas habían servido para convencernos de que los sueños eran caso perdido de antemano, una materia imposible de controlar o interpretar. El mío se había producido una noche anterior. Consignar sueños es un recurso literario indeseable, así que seré conciso:

* El escenario era un derivado de cualquier capítulo de *Reinos desaparecidos*: una tienda con forma cónica invertida, similar a las de los apaches, con pieles mamíferas regadas por aquí y allá y una fogata en el centro. Aunque mi olfato es pésimo en la vida real, en el sueño percibía un aroma a incienso y otro, fortísimo, a carne cruda.

* Una mujer, desnuda, yacía de espaldas a mí, mostrándome las líneas de la espalda y la fuerte musculatura de las nalgas. Mi deseo por ella se volvió atroz y la asalté.

* Simultáneamente a la toma por la fuerza de sus entrañas (en el sueño era yo garañón potentísimo) la mujer volvió la cabeza y pude verle el rostro: era Melanie Parana, sus labios desmesurados, sus ojos achinaditos.

* En mi favor, puedo sostener que desperté sobresaltado y sin huella de la excitación pasmosa del sueño.

No, no había pronunciado el nombre equivocado en la cama, despertando las sospechas (infundadas, de cualquier modo) de Aura. Había cometido la torpeza de referirle el sueño a Pere y mientras intercambiábamos risas y comentarios me percaté de que mi esposa había entrado al despacho. Escuchó todo y lo sabía.

Y lo que había sido un amor encendido por *Reinos Desaparecidos* y el salario que salvó nuestros niveles imperiales de consumo devino, por supuesto, en odio feroz. Su consecuencia principal fue que comenzó a rechazarme y me vi obligado a una abstinencia forzosa y desesperanzada, porque no hubo pleito o reproches, solo una desgana activa que significaba algo como: «Sigue soñando con tu cubana de ojos chinitos, a ver si viene y te sacude como yo, imbécil».

Me di cuenta, con dolor, que los diálogos que imaginaba habían adoptado la retórica de *Reinos desaparecidos*.

11. Revisión crítica

Aquella fue la semana que eligió Hipólito para salir de su crisálida de silencio y «socializar» (la expresión era suya) los comentarios que llegaban desde Miami y Londres. Lo hizo mediante un correo colectivo en el cual, además de copiarnos a los interesados, incluía a Paul Hernández, el jefe, lo que podía ser tomado por traición, pues todo empleado sabe que resulta de pésimo gusto hacer autocrítica ante los superiores. Lo que Hipólito planteaba era, en resumen:

* Las escenas de cama de Melanie resultaban excesivamente detalladas y espantosamente despojadas de diálogo. Melanie se concentraba en describir las sensaciones de los personajes y profundizaba con gula en los olores de los cuerpos y las recámaras, y ni las unas ni los otros tenían relevancia fílmica alguna. Decenas de diálogos habían sido agregados por Hipólito y Paul, descubrimos en ese momento.

* Aquellos parlamentos eran, además, consecuencia del estilo que Pere y yo habíamos impuesto en los nuestros. Por lo tanto, en vez de limitarse a lo sencillo, como sería alguna frase susurrada a medias o unos expresivos gruñidos, los personajes debían lanzar sentencias complejas y responder con sagacidad las de su pareja. O parejas, porque

Melanie, y por lo tanto los solaris, parecían muy adeptos al sexo colectivo.

* Un ejemplo, entre otros, de los resultados del esfuerzo argentino-floridense para sintonizar con los diálogos fraguados entre la playa de Mataró y Zapopan, Jalisco: «Entraré en ti como en una ciudad conquistada» (dicha por el Rey Aá). Su compañera de lecho, la cortesana Zetá, replicaba: «Los hombres son incapaces de ocupar nuestras ciudades más que por poco tiempo, señor. Procure que sea, pues, una invasión dulce y un buen tiempo». Al equipo de Londres, por alguna razón que se me escapa, le fascinaba que nuestro pueblo imaginario conversara de aquella manera improbable.

* Pere tenía la responsabilidad de darle coherencia política y social a los hechos de los solaris. Pero, como he anotado ya, se había desentendido de la labor y se había unido con entusiasmo a la planeación de matanzas, orgías y parlamentos acartonados. Eso no había impedido que Hipólito hiciera una lectura materialista de nuestros guiones: estaba seguro de que el subtexto era que los solaris, quienes hasta la cuarta temporada constituían una amenaza para los reinos norteños de los wargs y los albus, habían sido persuadidos, por las amarguras de sus combates contra los boa-boas, de optar por una filosofía hedonista, y habían desplazado la guerra como eje de su vida para sustituirla por los placeres de la cama, la mesa, el alcohol, la filosofía y la tortura de prisioneros. Gracias a esa glosa nos percatamos de que, efectivamente, nuestras escenas versaban nada más que sobre coger, comer, embriagarse, divagar y sacarles órganos del tórax o meterles cosas por el trasero a los boa-boa.

* En Londres estaban más que satisfechos pero la reacción del público a lo largo del planeta marcaría la verdadera medida de nuestra capacidad. La quinta temporada se estrenaría en unos días y nuestro trabajo sería juzgado, pues, por un tribunal de millones de personas hastiadas, distraídas, que miraban el televisor en vez de tener sexo con sus compañeros de cama; millones de personas recién cenadas, en pijama, escépticas, preparadas para irritarse por la aparición de un reloj de pulsera en la muñeca de un extra en el tercer plano, como si aquello fuera la aguja que reventara el globito de sus ilusiones.

12. La victoria alada

Mientras nosotros, los escritores, nos tronábamos los nudillos en espera de la reacción pública, los productores se dedicaban a practicar la *realpolitik*. El equipo de mercadotecnia del serial (repartido, desde luego, en decenas de oficinas en los cinco continentes, y coordinado, claro está, desde el Támesis) obtuvo un presupuesto de infarto para lo que se daba en llamar «publicidad inteligente». En pocas palabras, el concepto abarcaba lo siguiente:

* Compra de pautas publicitarias tradicionales, es decir, anuncios en los medios electrónicos e impresos, en las principales webs y avisos espectaculares en las calles, etcétera.

* Seducción o abierto soborno de críticos y reseñistas de *shows* televisivos, en especial los pertenecientes a los sectores más populares y agresivos. El objetivo no era solamente que publicaran comentarios halagüeños y hasta eufóricos sobre la quinta temporada, sino que se dedicaran a repetir un mensaje crucial de los productores: no impor-

taba que Knut Mandelstamm hubiera muerto, no importaba que la historia y los personajes fueran suyos: lo decisivo era que el éxito había conseguido que historia y personajes fueran ya de todos (aunque, en un sentido llano, los derechos estuvieran blindados en exclusiva en favor de la producción). Nadie tenía por qué extrañar al escritor original, cuya contribución era suficientemente reconocida en el antetítulo de la serie: «Knut Mandelstamnn's *Vanisehed Kingdoms*». Tal era el nombre oficial, aunque la primera parte de la oración aparecía en letras diecinueve veces más pequeñas que la segunda. Por si fuera poco, Knut había ganado una millonada con la venta de los derechos y su hija Mindy, que tenía fama de no ser muy astuta, había obtenido un empleo de buen nivel en el equipo hiperbóreo de guionistas.

Ya sea por lo atinado de la «publicidad inteligente» o por la calidad de nuestros esfuerzos de escritura (y los del inmenso equipo de grabación, actuación, producción, postproducción, efectos especiales, edición, fotografía, etcétera) los resultados de la estrategia superaron, hemos de decir, cualquier expectativa razonable:

* La quinta temporada se estrenó simultáneamente en setenta países (mientras que otros cincuenta tuvieron que esperar, envidiosos, un día más).

* Los niveles de audiencia superaron en un quince por ciento y fracción a los, ya altísimos, de finales de la cuarta temporada, y, al contrario de lo que suele suceder cuando una repentina decepción sobreviene en el corazón de las audiencias y, de miles en miles, se retiran (y con ellos los patrocinadores), crecieron de modo consistente a lo largo de las transmisiones.

* Ya fuera por convicción, seducción o soborno, el mensaje sobre la irrelevancia del escritor original y el triunfo de la colectividad, representado por la autoría plural de *Reinos desaparecidos*, impresionó a los medios. Sintomáticamente, las portadas de revistas y webs no incluían solo ya retratos de los actores caracterizados como sus personajes, sino a productores, directores e incluso a ciertos guionistas de los equipos europeos.

En este escenario, de por sí victorioso, la producción londinense concibió una idea genial: decidió eliminar los guiones de los capítulos finales (que estaban aún por filmarse) y convocó al público de todo el mundo para que eligiera el final-final de entre una serie de posibilidades predeterminadas. No solamente la conclusión de la historia, no, sino la de todos y cada uno de los arcos dramáticos, ya fueran estos wargs, albus, yen-yuanes, boa-boas, solaris o mixtos. A los integrantes de los equipos de escritura se nos ofreció un generoso suplemento salarial para convertir en libretos las ideas que resultaran elegidas en las votaciones realizadas en la página oficial, vanishedkingdoms.tv.

El lema de la campaña fue, lo reconozco, genial:

«*Reinos desaparecidos* es *tu* historia. Decide *tú* cómo termina».

La única baja en nuestro equipo fue la de Melanie, quien no se recuperó de la ofensa que se le había hecho con la modificación de sus abrasadoras escenas de cama. Pero a aquellas alturas era imposible extrañarla: si el autor de la historia dejó de ser necesario más que como vaga referencia legal, ¿quién diablos echaría de menos a una sola de las guionistas de uno de los cinco equipos de escritura?

13. *Grand finale*

Creo inútil hacer un recuento pormenorizado de lo que sucedió con el final de la serie. Baste saber que superamos las marcas históricas establecidas para audiencia, patrocinadores y reacciones en red. El final elegido por cerca de un cincuenta por ciento de los espectadores que votaron en la web se conoció como La Batalla de Todos los Pueblos, un combate con duración de seis cortes comerciales durante el cual murió el noventa por ciento de los personajes del serial (y la totalidad de los considerados «malvados», entre ellos el rey de nuestros solaris). Los dos últimos cortes comerciales agruparon los «pequeños finales» de los sobrevivientes, de regreso a sus hogares, a sus hijos y sus cultivos (eran, casi todos, personajes humildes), a los atardeceres y el dulce murmullo de los riachuelos (menos, claro, en la provincia de los wargs, en donde todo lo que se veía era nieve).

Considero un verdadero honor que la última escena del final-final, la que apareció en pantalla luego de los catorce minutos de créditos, correspondiera en parte a Zetá, la cortesana solaris, uno de nuestros personajes, quien había encontrado el amor en brazos de un capitán de los albus llamado Renegard (quien pese a su mal carácter y su talante sombrío se había convertido en el preferido de los espectadores). Ambos habían optado por abandonar a sus pueblos luego de la Guerra Infinita, que culminó en la gran batalla y se habían refugiado en una cabaña en los bosques, al fondo mismo de un valle deshabitado. Los rodeaban cabras, vacas, perros, pajaritos, la sombra serena de las nubes y las montañas.

«Aquí no llegan las olas», murmuraba Zetá, quien se había salvado de milagro (es decir, gracias a las firmes manos de los guionistas) del naufragio de la nave real en que murió el rey Aá, así como de la inundación que había arrasado la capital de los solaris, y que les impidió capitalizar su aplastante victoria sobre los boa-boas.

«Aquí moriremos y morirán nuestros nietos. Pero la guerra nunca termina y llegará. Algún día llegará», respondía Renegard, con la vista de hierro entregada al horizonte de oro del crepúsculo. Zetá le tomaba la mano y le hacía volver la mirada. «Para tener nietos, primero necesitas hijos», susurraba con la picardía que la había convertido en el segundo personaje más popular del serial (incluso por encima de la gloriosa espadachina Tamar, de los wargs, quien llevó el peso dramático de la mayor parte de las temporadas anteriores).

La pantalla tornaba a negros y aparecía una leyenda: «En amoroso recuerdo de Knut, por legarnos un mundo».

Podrían haber dicho lo mismo de Cristo, pero Él no cobró esas regalías antes de morir.

14. El final de los arcos dramáticos

Las primeras semanas luego de la conclusión fueron una lenta convalecencia. Las cosas me llegaban a cámara lenta y de rebote, como si estuviera sumergido en una tina de aceite que atajara cualquier prisa. Estaba extenuado: percibía el desajuste entre quien había sido antes y aquel que surgió luego del trabajo en *Reinos desaparecidos*. Me costaba carburar.

Algunos sucesos notables de esos momentos:

* El salario percibido había resuelto nuestra situación económica al menos por dos años, a pesar de que gastamos una fortuna cada semana en sábanas egipcias de mil hilos o en renovar la totalidad de la ropa interior familiar con prendas de algodón diseñadas en Manhattan (que, gracias a ignotos importadores y aduaneros, aparecían con diligencia en la más célebre tienda departamental de la ciudad).

* Lo único que hice durante los primeros días fue dormitar, asomarme a un par de libros que exigieran poca concentración (un ensayo creativo sobre la importancia de las uñas postizas, por ejemplo, o la autobiografía del artista plástico chino King Ming, el de las perforaciones en los pezones y la cera en el escroto).

* Aunque era evidente que Pere y yo extrañábamos nuestras charlas en línea y los jereces compartidos en el empeño de discutir la serie y el universo, nos despedimos con un correo formulesco y mantuvimos el acuerdo mudo pero firme de no reconectarnos. A mí, al segundo día, me bastaba la seguridad de que mi amigo habría devuelto a su perfil la fotografía de sus desnudeces para disuadirme de acudir en su busca.

* Melanie me envió un correo en el que se congratulaba del destino de Zetá (que había sido la niña de sus ojos en los episodios venéreos que surgieron de su pluma) y me felicitaba por los diálogos de la cortesana en la secuencia final (que, para ser sinceros, solo me correspondían en parte, porque Pere, Hipólito y Paul les habían realizado diferentes correcciones y agregados). «A pesar del amargor con que me fui, querido Arturo, te reconozco el compañerismo y la categoría. Quedamos tan amigos». A continuación enlazaba una página web en la que publicaba los poemas que

parecían manar continuamente de sus dedos. Era, quizá, la de mayor talento entre nosotros.

* Hipólito no volvió a dirigirme la palabra luego de que dio acuse de recibo de las últimas correcciones. El lunes posterior a la exhibición del capítulo de cierre, me eliminó de sus redes, lo mismo que al resto del equipo. Unos meses después, una persona malintencionada me remitió el enlace a un ensayo publicado en su página personal, en que el argentino hacía referencia a mis «conocidas capacidades literarias» con alguna sorna. Era el párrafo final de un texto abstruso sobre la nueva generación latinoamericana, tenía menos de doscientas lecturas registradas y, sinceramente, no me molestó. Lo que demostraba era que Hipólito, quien durante tanto tiempo me pareció un autista arrogante, se había preocupado por mis «conocidas capacidades» lo suficiente como para leerme. Lo tomé como un halago (y aprovecho para reconocer acá que no comprendí la mayor parte de los escritos que poblaban su página, redactados en una jerga que combinaba las ciencias sociales con las ocultas e incluían una fuerte dosis de las palabras más espantosas de la neolengua en que ese tipo de gentuza parla).

* La producción central, en Londres, me envió una caja enorme de memorabilia exclusiva, que incluía una camiseta genial. Era negra, lisa y rezaba, en inglés: «Yo escribí el final de *Reinos desaparecidos*. Solo supéralo». Tenía mi nombre estampado debajo: «Arturo Murray, rey de los *solaris*».

* Pancho Borja había regresado a Inglaterra, invitado por la Feria de Manchester para coordinar un programa de «literaturas del mundo». Desde allá me envió una botella de *single-malt* y una tarjetita muy amorosa, de puño y letra, en la que daba gracias a mí y a los dioses por haber

correspondido a su confianza con un trabajo «impresionante». Tuve que aceptar que lo adoraba y respondí con una publicación en mis redes, que contenía la fotografía de la tarjetita y mis gratitudes. Así fue como descubrí que mis seguidores habían pasado de tres mil novecientos once (lo siento: tenía el vicio de recontarlos) a noventa mil cuatro. Todo, por haber colocado en el renglón que describía mi profesión, el letrero: «Novelista y guionista de series como *Reinos desaparecidos*».

* Esteban Gallego me retiró la palabra por un año.

* Rafaela Wagner, en cambio, publicó un artículo elogioso al respecto de mi novela *Cirugía ambulatoria* cuando apareció, unos meses después. El único aspecto que consideró negativo mi antigua némesis fue que la editorial colocara en el libro un cintillo que proclamaba mi trabajo en la serie. «Se le hurta el crédito, penosamente y sin necesidad, a Kunt Mandelstamm», gruñía Rafaela. Pero, líneas abajo, reconocía que mi prosa había pasado «en pocos libros, de inane a explosiva».

* Esperanza Barilla, que había fingido no conocerme durante años innumerables, declaró en el canal cultural que admiraba «la flexibilidad» de autores como yo. «Y no lo digo porque sea mi amigo», aclaró. Pues no, no lo éramos. Pero, claro, acabaríamos por serlo porque así era el negocio.

* Juan Gabriel Lima, con quien siempre tuve buena relación, a pesar de que escupía al hablar, me invitó a presentar su novela *Cabras* en el Círculo Francés. Hablamos en el estrado como dos reyes, como generales victoriosos luego de que el enemigo firmara la rendición.

«Nunca te había visto tan mamón», me confesó Aura en un momento de intimidad durante la cena del festejo. Aun así, aceptó la copa de champaña que le ofrecía.

«¿No te parece muy dulce?», criticó, luego del primer sorbo.

Ya estábamos allí: en el punto en que uno puede mirar mal la puta champaña.

15. Soy o es que somos

Muchas cosas cambiaron a partir de *Reinos desaparecidos*. Mi carrera embistió el futuro con la convicción de un toro salvaje. Me ofrecían trabajos sencillos y bien pagados. Gané tanto renombre que mis novelas comenzaron a interesarles a personas rarísimas, que en otras circunstancias jamás me hubieran volteado a ver:

* El Club Rotario, al cual no pertenecía (ni lo haría jamás), me organizó un homenaje.

* El Ayuntamiento porfió en nombrarme Ciudadano Notable de Zapopan, honor que rechacé básicamente porque la ceremonia coincidía con el viaje que emprenderíamos con las niñas para conocer las pirámides mayas de América Central (y mojarnos los pies en alguna playa del Caribe).

* Ruth Altozano, actriz y presentadora de un popular *show* nocturno, impresionó al país entero durante la entrevista que me hizo, al declarar que yo representaba, de algún modo, «ese tipo de hombre al que las mujeres no podemos resistirnos: el sensible, el inteligente». Si Aura no me hubiera acompañado al programa y percibido desde el costado del escenario mi desconcierto absoluto, es posible que mi siguiente cita con ella hubiera sido en presencia de abogados especializados.

Pero esto es solamente, lo entiendo, un listado de vanidad.

Una enumeración para enorgullecer a esa madre que ya no vivía (la única persona ante quien tendría sentido pavonearse por unos victoriosos azares como si hubiera sido mi genio y no la suerte quien los produjera).

Soy otro, sin duda, pero no creo que resulte importante quien era o soy.

Lo único peculiar es que no cambié después de que todo sucediera, sino al tiempo que sucedía.

Y ahora soy una planta injertada, un organismo intervenido por algo que no estaba en sí.

Y así me siento:

* Mi relación con Aura se tiñó de un dramatismo que nunca antes tuvo. Ella me conocía como nadie y siempre fue sensible a mis torpezas e insuficiencias, pero ahora intercambiábamos parrafadas como si fuéramos los reyes legítimos del municipio: ella, como una Lady Macbeth, porfiaba en aconsejarme, analizaba mi entorno y desentrañaba oportunidades, peligros, conspiraciones. Incluso en la intimidad, en la que siempre fuimos simples y comunes, nos volvimos tiburones. Comenzamos a mordernos y arañarnos. Adquirimos un *set* de implementos carísimos vaciados en cristal. Al entrelazarnos, su rostro amable y querido se descomponía en muecas lobunas, y se me contaminaba en los ojos con los rasgos y muecas de seres traslúcidos: los ojos achinados de la cubana, la lengua puntiaguda de la cortesana Zetá, el porte aristocrático de la espadachina.

* Aquello era difícil. Pero lo imposible era, ahora, escribir. Nos mudamos a un caserón con cinco recámaras y dos estudios independientes. Aura me impelió a construir un espacio personal apartado del trajín diario. En mi estudio desplegamos la totalidad de mis premios y reconocimientos

(en marcos barnizados y poderosos) y los carteles de las series escritas por mi mano (mi mano y las de cien más) y, en un rincón, cada vez menos visibles, las portadas de mis propios libros. Era un lugar quieto, acogedor. El sol entraba desde un jardín delicioso. Y, sin embargo, al escribir no era yo. Era Pere y sus diálogos recargados como alfombras persas, Melanie y sus cerdadas punzantes, Hipólito y su autismo rebosante de terminajos, era la puta votación del pueblo. Celebraba referéndums mentales antes de elegir cada palabra o desarrollar cada mohín de un personaje. Inflado como un senador o un presidente, tecleaba cada línea con la vista puesta en anticipos, reseñas, lecturas, presentaciones, coloquios, contratos, traducciones, aplausos.

Había rechazado el título pero escribía como Ciudadano Destacado.

El último reino desaparecido fue el mío.

Y se preguntarán qué cosa escribe uno cuando se volvió un retrato, una estatua, un diploma, cuando se deformó para pensar en el placer de una multitud sorda antes de pulsar una letra del teclado, cuando parte los textos en incisos para abrir espacio a que los demás coloquen acotaciones y comentarios.

Tengo la respuesta:

Escribe esto.

Y también un mensaje:

Ayúdenme.

Estoy aquí.

Atrapado.

Todos, en verdad, lo estamos.

Provocación repugnante

Está de pie al costado del teatro, junto a un ventanal oscurecido por capas sobrepuestas de hollín y escarcha. La nieve cae lánguida del cielo negro y disuadiría a otros, menos resignados, de permanecer allí. Los espectadores se alejan calle abajo, envueltos en abrigos de zorro o chinchilla. Una última pareja, chica y chico, asoma al quicio del pórtico. Han salido después que los demás: la chica avanza con lentitudes de enferma. Se les ve, pese a todo, animosos. Cruzan impresiones sobre la obra o, más probable aún, elucubran dónde cenar. Alcanzan a nuestro hombre pero es evidente que no piensan quedarse junto a él. Intercambian frases. Ella le coloca un beso minúsculo en la mejilla, punteada de pelitos mal rasurados. El tipo le estrecha la mano con fuerza excesiva, que no podemos saber si transmite cordialidad o significa «estate quieto, te estoy mirando». Nuestro hombre vuelve a quedarse solo cuando ellos desaparecen al doblar la esquina. Ya no tiene prisa. Sabe que ella se dejará llevar y no volverá a verla antes de mañana. Solo piensa en fumar.

Es alemán pero no rubio y ni siquiera atlético. Walter, a su servicio, mucho gusto. Eso diría si nos atreviéramos a acercarnos. Luce unos mostachos que, pese a los retratos que los divulgan, siempre imprecisos, parecen claramente manchados de sopa. Pero respeto, respeto antes de que esta insolencia progrese, porque Walter no es cualquier Walter. Es (o, mejor, será, porque esta noche es nadie: un viajero, un turista, un intruso) el elegido: un pensador como ningún otro. El hermano mayor de la corriente crítica que nos rodea. Es decir, que nos tiene rodeados. Él no lo sabe pero tú conoces su futuro. ¿No has leído a Walter? Pues entonces es que casi no perteneces al siglo. Ni a este ni al que pasó ni quizá, tampoco, al venidero. Su palabra es lo más cercano a la verdad y él fue el último, quizá, en creer posible la existencia de la verdad. Theodor, su buen amigo, sabe de lo que habla y dice que charlar con Walter es como ser niño y presentir las luces del árbol de Navidad tras la puerta: la inminencia, la belleza angélica de la revelación, bullen en su cabeza, en su lengua, en la mano crispada con que escribe. Walter no solo brilla: es entrañable. En el intento de entenderlo nos entendemos.

Pero nada de esto ha ocurrido aún porque es diciembre de 1926 y Walter está de pie afuera de un teatro en Moscú –manos en las bolsas y un cigarro en la comisura– por varios motivos. Algunos de ellos intelectuales. Como que es un vagabundo al que las fronteras y taras de Alemania asfixian. Como que quiere conocer cara a cara el régimen que la Revolución de Octubre instaló en Rusia y decidir, *in situ*, si se afiliará al comunismo, margarita que ha deshojado sin tomar aún ninguna determinación. El Paraíso en la Tierra es lo que Octubre prometió. Pero Walter no es un compañero de ruta crédulo ni un vulgar militante. Nada de eso. Sagaz, inclemente, escruta todo y a todos en Moscú y anota en un diario lo que ve, percibe y le cuentan, con simpatía no exenta de recelo. Los progresos en la lucha no le parecen tan radicales como sería deseable. Walter huele lo reaccionario a un kilómetro. Y no le gusta el olor.

Muerde su cigarro, esconde las manos en el abrigo costoso pero raído (sus padres, comerciantes acomodados, han dejado de sostener sus vagabundeos desde hace tiempo). Pero Walter alberga, además, motivos que nada tienen que ver con la ideología. O solo de modo esquivo. Motivos acidalios, venéreos. Porque piensa en la chica que se ha ido un minuto antes, su piel atezada, sus mansos rasgos, piensa en la elocuencia con que lo ha persuadido de la necesidad de que las clases burguesas desaparezcan de la Tierra (y, de ser posible, bajo el peso de sus botitas industriales). La fascinante Asja, la leona del proletariado, la revolucionaria letona de quien Walter ha sido amante en ciertas épocas turbulentas. Épocas, se entiende, ya pasadas. No hoy. No ahora. Lo que este viaje le ha deparado es una lluvia de humillaciones.

Asja no lo esperaba en la estación de trenes cuando llegó, una semana atrás. Lo rehúye, en verdad, y quizá tenga que ver el hecho de que Walter vive en la precariedad, no tiene dinero para una pensión y ha debido suplicar que le permitan alojarse en el apartamento de Bernhard, el tipo que acaba de irse del brazo con ella y quien es, desde luego, su amante en turno. El drama se pone peor a cada línea: Asja es tuberculosa, reside por lo pronto en un asilo médico y solo recibe a Walter si llega acompañado por Bernhard. Y cuando se atreve a visitarlo, Bernhard está presente, cada vez, por la sencilla razón de que es el arrendatario del apartamento y vive en él. Desde su arribo a Moscú, Walter ha anotado en su diario (además de observaciones políticas invaluables) una ringlera de confesiones del estilo de: «Traté de besarla. Como de costumbre, no lo logré». Es patético y lo sabe.

Omitido, arrinconado, fuma. Al terminar la función teatral ha salido a la calle entremezclado con la multitud. Se siente un imbécil. No sabe apenas una palabra de ruso y su plan de asistir a una representación consistía tan solo en procurarse el placer de que Asja, sentada a su lado, le susurrara al oído la traducción de lo que se pronunciara en escena. Pero Asja se fatigó o aburrió en el primer acto y tuvo que ser Bernhard, el sonriente y despectivo Bernhard, alemán como él pero de una versión más apuesta y espigada, quien le volcara el significado de las hermosas y anómalas palabras de la obra. Y Walter odió cada segundo del proceso.

Está harto de la frialdad de Asja y, sobre todo, de la sombra perenne de Bernhard, esa compañía tibia que encierra un callado reproche. No sabe manejarlo. Incluso le ha prometido, en un momento de debilidad, echarle una mano con el proyecto de una enciclopedia materialista que su compatriota ha ideado, y le ha dicho que sus planes sobre ella le parecen excelentes: se odia ahora por tal cobardía y su mente se ve asaltada por una serie de imágenes incontrolables. Bernhard, arrodillado entre los muslos abiertos de Asja, enredando su lengua en los nudos de su bajo vientre. Cierra los ojos: expulsa el humo de sus pulmones por donde puede. Fosas nasales, boca. Sacaría humo por los ojos, si de él dependiera. Quisiera arder y, con ella, quemarse.

El segundo hombre aparece en ese momento.

Sus pasos son irresolutos.

Cabizbajo, se acerca con resquemor al tipo que fuma. Quiere fuego para su propio cigarro y se lo pedirá. Ha tenido una noche espantosa y necesita alcohol, necesita a su mujer. Pero no se atreve todavía a emprender el regreso a casa. Necesita, antes que nada, un cigarro. Lo extrae de una tabaquera elegante, ya reblandecida por el uso, y se lo lleva a los labios.

Se llama Mijaíl y es ucraniano, aunque en el mapa de su tiempo eso signifique ser ruso. Peor que ruso: ha sido zarista. La suya es un alma que no ha perdido aún un resto de barniz aristocrático. Lleva, para remarcarlo, un intolerable monóculo en el ojo derecho y el cabello repegado al cráneo con gomina, lo que le da unos aires lechuguinos que no escapan al ojo entrenado de Walter (quien, claro, experimenta una punzada de antipatía). Mijaíl, antes que autor de la obra representada esta noche, ha sido médico rural (en el ejercicio de su profesión se aficionó a la morfina y aunque consiguió atajar la adicción jamás, se sabe, podrá superarla); ha sido también periodista de provincia (esa vieja escuela del resentimiento y la parodia). Migró a Moscú en busca de éxito y, gracias a la publicación de una cascada de relatos cortantes y geniales, de tan afilados, se ha vuelto un satirista de renombre en la capital. El mejor de su tiempo. Pero Mijaíl no sabe (o, en el fondo, sabe demasiado bien) que está a punto de caer en desgracia.

Es Moscú y es 1926. Su más reciente drama se ha estrenado en el mejor escenario de Rusia: el Teatro del Arte. El director se llama Konstantín y es el más reputado de la época. Aún hoy, a casi un siglo de aquella noche, miles de actores en el planeta ensayan todos los días bajo el método preconizado por Konstantín (los hemos visto, alguna vez, exprimiéndose la memoria para entresacar de ella los cinturonazos de cierto macho violento en su pasado, con tal de que las lágrimas acudan a los ojos y un Hamlet municipal se salve).

Mijaíl, sin embargo, no le guarda la menor estima a Konstantín. Discute con él todo el tiempo. Discute con todo mundo. La unión de escritores del sóviet no lo quiere y algunos de sus directivos, directamente, lo repudian. Octubre ha instalado un gobierno poderoso y arrogante y sus personeros son sabuesos inclementes, que perciben el aroma a pan horneado de la burguesía en Mijaíl y cada uno de sus textos. Y quieren sopear ese pan en su burdo chocolate ideológico. Y devorarlo.

Mijaíl sonríe y pide fuego, pero el rostro distraído y un poco tosco del alemán que fuma demuestra que no entiende sus palabras. Por suerte, los fumadores no conocen fronteras y basta una señal, el cigarro en la boca y las manos imitando el movimiento que harían al utilizar un mechero, para que Walter salga de su encierro mental y reaccione. Ofrece su cigarro a Mijaíl con un movimiento casi gracioso. El ruso (el ucraniano, el zarista) pega el borde de su propio cilindro de tabaco al de Walter y, un segundo después, lo retira, humeando con satisfacción. Agradece con una inclinación de cabeza que, de tan hábil, no compromete la estabilidad del monóculo en su cuenca.

La función de esta noche ha sido tan exitosa como las anteriores. Hace siete meses que su obra alcanzó la cartelera y los espectadores no han dejado de acudir. Muchos de ellos, sabe Mijaíl, son nostálgicos del viejo régimen: burgueses aún sin purgar, aristócratas con una mano de bolchevismo pintada a toda prisa encima de la suave piel, pequeños comerciantes suspicaces y aterrados. En la obra, un grupo de «blancos», es decir, de opositores al nuevo orden de los «rojos», resisten, combaten, muestran un heroísmo desesperado. Aunque al final se convierten al credo enemigo, los nostálgicos saben que eso sucede nada más que como concesión a la censura oficial (Mijaíl tuvo que reescribir, a toda prisa, el tercer acto, ya que Konstantín sabía que la obra, tal como le había sido leída, jamás pasaría el escrutinio de un censor; Walter, que entiende de política, presintió la mano de la represión apenas escuchó la traducción de Bernhard y, despectivamente, calificó el tercer acto como «parche»; Bernhard, comprensivo, asintió: «Lo hacen los "blancos" para evitar la censura»). No hay, apenas, camaradas bolcheviques entre los espectadores de la obra cada noche. Quizá uno o dos, que acuden allí solamente porque los acompaña una mujer ajena y entienden que el riesgo de ser descubiertos es bajo si uno se oculta entre aquellos repulsivos burgueses.

Alguno de ustedes, señoras y señores que leen esto, que están allí, en alguna parte, pensará en la imposibilidad de que el régimen de Octubre tolerara un desafío a su ideario como aquella obrita. Pero, amigos, eso sucede porque ustedes piensan en el gobierno de Octubre de los años cincuenta y sesenta, cuando todo disidente (y también, por qué no, todo infortunado leal) era candidato al exilio o la ejecución por una serie de infracciones exageradas, ilusorias o simplemente imposibles de establecer. Pero no ocurría así en 1926, porque el cadáver del gran líder Vladímir estaba aún caliente (es un decir: con aquellas temperaturas enloquecidas de la estación moscovita, hay que reconocer que es una metáfora improbable) y su sucesor, el pequeño Koba, no tenía aún las riendas del Estado completamente en su poder.

Lo que sí poseía Koba, el pequeño líder, era una inocultable afición por el teatro. Y no por los palcos o plateas en abstracto. No: por una obra en concreto. La de Mijaíl. Sí, la misma que se ha presentado esa noche y que el pequeño líder Koba ha visto ya hasta en once oportunidades (y aquí apostamos por esa cifra, pese a que algunos biógrafos dicen que fueron cinco ocasiones y otros consideran que no, que pueden haber sido incluso quince o veinte, porque a Koba nada le era negado con facilidad, al principio, y ni siquiera con dificultad después).

¿Por qué disfrutaba el camarada líder de aquel espectáculo de nobleza pisoteada y causas arruinadas, si se trataba de la historia del enemigo que había contribuido a aplastar? Tendríamos que teorizar demasiado para responder. Quizá alguna vena compasiva latía aún en sus sienes por aquellas fechas. O quizá, y esto parece más probable a la luz de lo que ocurrirá en el futuro, cuando Koba se convierta en uno de los principales carniceros de la raza humana, lo que sucedía es que el espectáculo de la humillación y la derrota lo entusiasmaba y le proporcionaba un deleite erótico.

Una ráfaga de aire hace temblar a Mijaíl en el interior de su abrigo y le regresa a la mente la imagen que lo llevó allí, afuera, desde un principio, agobiado, solitario y necesitado de sosiego: en el palco principal, la sombra del camarada Koba había aparecido esa noche, como tantas otras. Y, sin embargo, el ritual que indicaba que contemplaría la representación en silencio, la aplaudiría de pie al caer el telón y se marcharía justo antes de que los actores agradecieran las ovaciones (y mucho antes de que nadie reclamara la presencia de Mijaíl en la escena) no se había cumplido. Algún asunto mayor hizo a Koba abandonar la función a la mitad del segundo acto, arrebatadamente perseguido por su cohorte de auxiliares, custodios y lameculos de impecables credenciales revolucionarias.

Pero la preocupación de Mijaíl no es que Koba haya tenido algo mejor que hacer, no, sino que el camarada líder se haya cansado, finalmente, de observar su espectáculo y haya prestado oído a las lenguas que, desde la unión de escritores, la de teatreros y desde el partido mismo, llevan semanas y meses suplicando y recomendando que la obra sea retirada del cartel y el autor purgado de la vida pública. Salir de ese escenario significará perder el último clavo que sostiene el mundo de Mijaíl. Ser censurado equivaldrá a recibir una sentencia que solamente el extraño e inexplicable apego de Koba ha conseguido retrasar.

Allí están, pues, Mijaíl y Walter.

Fuman, a un par de pasos uno del otro. Callan. El uno, con mueca irónica en los belfos, teme por su vida y la de su mujer, teme que esa voz que descubrió al dejar la medicina y el periodismo, esa voz sardónica que lo convirtió en estrella, sea acallada y la estrella se apague. Y se ve despojado de sus manuscritos, maldecido, pasando frío, primero, y hambre después, retenido para siempre en la antesala del líder de los escritores de la unión, en la intentona perpetua de ser entendido, escuchado, perdonado.

El otro, ensimismado, se pierde en los espejismos de su cabeza: ahora, piensa en Asja culimpinada, rozagante, feliz, penetrada por un Bernhard más dotado que un centauro mitológico y capaz de complacer el más desaforado apetito carnal. Cierra y aprieta los ojos pero solo consigue que las imágenes que lo asaltan sean más explícitas y, por tanto, atormentadas. Su Bernhard pesadillesco es un Zeus y, transformado en perro, lobo o carnívoro primordial, goza y devora a la vez a una Asja más delgada y afinada que la real, espiritual casi, a la que es capaz de introducirle toda clase de miembros purulentos por toda clase de orificios, aptos o no, para sus incursiones: un Behemot, un Leviatán, un Gog y Magog del fornicio. No, Walter no se excita: sufre, se adolora como un niño privado de esperanza.

La nieve, discreta y sigilosa, se acumula a los pies de los hombres y forma montoncitos como de caspa en sus hombros. Ellos no hacen más que fumar.

El tercer tipo lleva ya un rato mirándolos fijamente. Apoyado en una farola, apenas a cinco o seis metros, fuma también. Mijaíl es el primero en descubrirlo allí y su fisonomía lo sobresalta (Walter ha roto contacto con la línea de pensamiento en el cual Asja era sodomizada por un Bernhard demoniaco, y se debate, presa de un benévolo acceso de tos). El tipo se llama Iván, es bielorruso de nacimiento, pero Octubre lo ha llevado a Moscú en lo alto de su victoriosa ola de demolición. Si ustedes esperan un ruso malvado de manual, con físico de luchador, ojos achinados, mejillas encendidas, labios de bagre y cabellos rubios al ras (esa mezcla de vikingo y mogol que las caricaturas estadounidenses venderán decenios después) están muy errados. Iván es delgado, moreno, apuesto, con el rostro inteligente y sentimental de una estatua y los cabellos enredados y negros de un príncipe levantino.

Pasaría por arcángel, uno de esos que abarrotan los altares de la Iglesia Ortodoxa Rusa, de no ser porque apenas se halla con que Mijaíl lo mira, clava en el ucraniano unas pupilas de pantera y escupe al suelo con deliberada grosería. Mijaíl da un brinco diminuto, el de un caballero insultado por un patán. Incluso Walter, que aún tose, nota que la atmósfera, que era lánguida y pensativa, ha devenido ahora pura crispación.

La mirada de Iván es la de alguien que sabe más que cualquiera en la escena. Hay, en ella, algo condescendiente pero también algo más viscoso: hay odio. El muchacho apenas ha rebasado la veintena (Walter lleva a cuestas treinta y tres años en el mundo y Mijaíl tiene uno más: son hombres maduros y nunca más muchachos) y los sujetos del teatro le huelen a rancio. Son el mundo antiguo, la razón y la imaginación del pasado, innecesarias ante la radiante gloria del presente bolchevique, y aquí no se trata de hacer una metáfora sino de sintonizarse con la concepción del mundo que puede tener un militante en su primera juventud.

Lo primero, pues, es dejar claro su desprecio.

Lo segundo es botar el cigarro con un garnuchazo (bello movimiento, que se logra con el dedo índice apalancándose con el pulgar) en dirección al par de hombres que, con alguna inquietud, lo ven aproximarse. Con pasitos de mascota, Iván se coloca a un par de metros de Mijaíl, quien oficia de involuntario escudo humano entre el recién llegado y el (sabio y hierático) alemán. Iván mete las manos en los bolsillos de su abrigo negro mientras sonríe con muecas de payaso circense.

«El líder no volverá al teatro, Mijaíl Afanásievich. Ya tomó una decisión sobre ti». Esas son las palabras precisas que arroja.

Mijaíl no hace ningún movimiento. Walter, único testigo de la escena, no es capaz de notar un solo reflejo muscular en el antiguo médico. Ni un parpadeo. Pero el alemán es incapaz de comprender qué carajos sucede, puesto que no sabe ruso y, desde su punto de vista, el diálogo podría ser cualquier cosa, incluso alguna que no tuviera nada que ver con la censura política. Iván, por ejemplo, podría ser un prostituto en busca de un caballero que le costee la cena y la cama. O, quizá, el proxeneta que ofrezca el terso cuerpo de una supuesta «hermanita», una pobre chiquilla raptada de una dacha y obligada a acostarse cada tarde con quien otros decidan. O podría, cómo no, ser un elemento de la Policía Secreta trazando alguna reclamación. Walter no es ninguna clase de imbécil y sabe que la Secreta es ama y señora de Moscú y que los teatros, librerías y galerías atraen a sus agentes como la carne a las zorras, porque para el gobierno de Octubre, cualquiera que no are, no ensamble, no dispare cuando se lo mandan es, por principio, sospechoso de traición.

«La obra seguirá algunas semanas por aquí, pero luego de eso no volverá a ser presentada, Mijaíl Afanásievich. Y los compañeros visitarán tu casa, oh, sí. Te visitarán y podrán mirar a la cara a esa esposa tuya, tan devota y linda, que te espera allá». La voz de Iván rectifica su aspecto angelical: es aguda, dispareja y sibilante.

Mijaíl aprieta los puños en los bolsillos de su abrigo pero se mantiene en silencio. El monóculo arde en su cuenca como si estuviera recién forjado pero él apenas transige en parpadear. Saca del bolsillo una mano milagrosamente serena, que empuña el paquete de tabaco. Lo extiende al aire, como para que Iván se sienta invitado a tomar uno de los cigarros. Ante su negativa, Mijaíl se encoge de hombros. Se vuelve hacia el silencioso Walter, quien sigue sin comprender, congelado a un par de pasos. Vuelve a recurrir a la mímica para solicitar el necesario fuego. Otra vez, Walter acerca su tabaco a la mano enguantada de su colega (ambos escritores, sí, aunque en campos y bajo concepciones tan diferentes que quizá colega no sea la mejor palabra para reunirlos: ni hablar).

«¿Es usted amigo de este alemán hijo de puta?», pregunta Iván con algo que parecería legítima curiosidad. Mijaíl hace un mohín de negación, como si la idea fuera ridícula.

«No sé quién es», replica con una voz profunda que parece surgir del fondo de su pecho.

Iván se lame los labios, feliz por estar, otra vez, del lado de quien pregunta. La impasibilidad de Mijaíl ante sus amagos lo había puesto un poco nervioso.

«Ya lo he dicho, Mijaíl Afanásievich: su socio de tabaco es un alemán hijo de puta. Uno de esos que fingen ser compañeros de ruta de Octubre pero que vienen aquí, y preguntan y nos miran por encima del hombro y toman notas. Sobre todo eso, notas. Notas que no nos muestran, compatriota. Mentiras, digo yo. Seguras mentiras. En alemán». Mijaíl tose una breve risa, que Iván celebra con su propia carcajada, como si en el antigermanismo hubiera encontrado un inesperado lazo con su antagonista. Pero no es así. La risa de Mijaíl es desdén, por él y su causa. Iván lo comprende porque el escritor sacude la cabeza y vuelve a reír. El muy perro está escandalizado, piensa el joven, es uno de esos que creen que no deberíamos entrometernos en lo que la gente escribe en su casa y mucho menos en lo que le pase por la cabeza. Es alguien que sostiene esa peligrosa y nociva y detestable y sucia y puerca idea, eso es.

«Un pobre alemán», insiste el muchacho. «Vino a juzgarnos y a mirarnos por encima del hombro y a visitar a una amante suya, una letona, una camarada. Pero ella tiene a otro ¿sabe? Lo relega. Lo humilla. Y nosotros nada hacemos. Observamos y esperamos. Solamente eso».

Walter ha decidido que el diálogo no le incumbe en lo más mínimo, aunque tiene la impresión de que una de las palabras que se cruzan se refiere a él: «alemán», quiere entender. Y no le gusta. Pero los locales han dejado de mirarlo y se entretienen en contemplarse entre ellos con poses retadoras, un par de gallos encolerizados en sus respectivos corrales, piensa Walter. Da unos pasos indecisos y descubre que la nieve es excesiva y debe sacudir los pies para retirarse el exceso de lodo y buscar una vía de retirada.

En ese momento se escucha un estruendo y los tres hombres giran la cabeza al cielo negro, como si pudieran ser capaces de descubrir la fuente del ruido. No lo son.

«Un disparo», murmura Mijaíl.

«Puede que sí, compatriota. Puede que ahora mismo se esté haciendo justicia con uno de ustedes, en alguna casa ostentosa de las suyas, ¿no le parece? Justicia con algún enemigo del pueblo», repone Iván.

Walter no sabe bien qué hacer y decide prenderse otro cigarro mientras espera que su mente se aclare. Al menos, la compañía del par de rusos lo ha distraído del asalto de las imágenes torturantes de una Asja poseída.

No se produce la segunda detonación. Mijaíl retrocede y se apoya en el muro del edificio, sin abandonar la postura inflamada con que ha decidido enfrentar al agente. Iván, que se ha quedado sin recursos, al menos de momento, decide que su misión está completa por esta noche. Se imagina a sí mismo al volver al edificio de la Secreta, se imagina relatándoles a sus superiores el rostro desencajado del maldito burgués y la imbecilidad absoluta del turista alemán.

Dará, antes, un pequeño rodeo, para ver si puede hacerse el encontradizo con Olga, la recepcionista de la oficina del partido en el sector. La pequeña y caliente Olga, se anima. Pero sacude su cabeza: no es momento de pensar en turbios placeres egoístas. Aún le queda una mordida que dar.

«Ustedes son basura, basura pasada. Y no lo entienden. Incluso si pretenden acompañar la revolución con sus textos y críticas, como este pobre extranjero, son incapaces de entender que el pensamiento y las palabras decididas por cada cual, sin haber sido caviladas antes por las juntas del partido, no caben aquí y estorban y son adornos insoportables. La literatura colapsará. La literatura debe ser destruida. Y eso sucederá. O, cuando menos, ustedes serán destruidos, borreguitos. Ustedes perderán. Los aplastaremos y los degollaremos yo y mis hermanos. Hoy, mañana, o en catorce años. Lo mismo da».

Ha recitado esto como un niño que entonara canciones patrióticas en un festival escolar, con un tonito regalón y carnicero que termina por provocar la risa de los dos hombres. Del alemán, porque no entiende pero es capaz de vislumbrar, como pocos, la ridiculez. Del ruso porque entiende muy bien que en el cumplimiento de aquella amenaza le irá la vida y eso apuntala sus teorías sobre la esencial imbecilidad de la especie.

Iván, quizá ofendido, con esa sensibilidad a flor de piel de los miserables, escupe una vez más, arroja otro cigarro apagado hacia los tipos y se da media vuelta. Grácilmente avanza en la nieve, como ciervo en el bosque.

Reina la noche moscovita, gélida y apestosa a la grasa animal que se quema en las cocinas de los cafecitos y tabernas que rodean el Teatro. Walter y Mijaíl fuman el cigarro final, a unos pasos uno del otro.

Perdido, una vez más, en la negra fantasía en la que Bernhard hocica entre las piernas y el trasero de Asja, incapaz de mirar nada a su alrededor, Walter comienza a exudar una cólera fría. El viento, en vez de hacerlo reaccionar, lo sume en la autoconmiseración. Está harto. Se despide con una inclinación de cabeza y, paso tras paso, entre el lodo nevado de la calle, se larga.

Mijaíl responde el saludo a destiempo, cuando Walter se pierde en la oscuridad de la acera de enfrente. El clima es espantoso. Debería irse a casa. Cierra los ojos un instante y recurre a sus últimas fuerzas para torcer la boca y sonreír.

Luego de una hora de trastabillar en el fango nevado de Moscú, Walter llega al apartamento de Bernhard (quien, desde luego, no está allí, ocupado al otro lado de la ciudad, en constatar que Asja llegue con bien a su lugar de reposo). Vencido de nuevo, suspira. Se pone el pijama. Pone agua a hervir para prepararse una tisana y se sirve también un buen vaso de coñac. Se siente al borde de la hipotermia, pero la ira arde en su buche como una estufa de carbón y lo anima.

Ya repuesto, luego de un rato de reposo, se sienta a la mesa y escribe. Tiene en mente un enemigo diferente al que supondríamos. Y consigna en su diario, en la entrada correspondiente al 15 de diciembre, lo que se le ha quedado en la cabeza de la noche, una vez disipadas las fantasías terribles: «Los decorados [de la obra], de estilo naturalista, eran extraordinariamente buenos; la interpretación, sin fallos ni méritos dignos de mención; la obra [...], una provocación totalmente repugnante [...]. La oposición de los comunistas a la representación está bien justificada».

Vuelca en el aborrecimiento a la obra de «blancos» y «rojos» de Mijaíl la rabia concentrada en su vientre, su garganta y su boca. Cómo censurarlo. Quién no ha sido un Walter ciego, que, desesperado por su desgracia particular, hace girar su espada por los aires y termina por atravesar a quien no debe.

Pero ni ustedes ni yo tenemos su genio, camaradas.

Y mucho menos el de Mijaíl.

Nos limitamos a evocarlos, a invocarlos, a recrear unos minutos de sus vidas y a intentar, así, olvidar que somos, en el fondo, hermanos y seguidores de Iván.

Aunque escribamos, aunque finjamos pensar, somos tan asombrosamente indignos de nuestros mayores que tan solo esperamos el momento de traicionarlos y abandonarlos.

Estamos condenados a ser sus perseguidores.

Sus ejecutores.

El príncipe con mil enemigos

Todo el mundo será tu enemigo, Príncipe con Mil Enemigos, y cuando te atrapen, te matarán. Pero primero tienen que atraparte, excavador, escuchador, corredor, Príncipe de la veloz reacción. Sé astuto y llénate de trucos y tu pueblo nunca será destruido.

Richard Adams

–Maestro: no quiero alarmarlo pero tiene un alacrán caminándole por todo el omóplato.

Con esta frase, tan semejante a su ampulosa poesía erótica, el licenciado Ramón Moctezuma Vélez, director de educación del municipio de Río Bajo, interrumpió mi lectura en la Casa de la Cultura de San Uberto.

Reaccioné con gallardía. En vez de pegar de berridos, al estilo de mi amigo Esteban Gallego cuando lee en voz alta, me limité a dar una ligera sacudida, como si bailara la samba, para que el animal escurriera. Y lo hizo. Pero no sin antes, me temo, hacerme sentir el piquete de su aguijón.

San Uberto, si no por otra cosa, tuvo siempre la fama de ser tierra de alacranes prietos, unos bichos renegridos y rebosantes de veneno. Justo como los poetas de la región.

Tuvieron que llevarme a una clínica y ponerme el suero antídoto. El periódico local encabezó la nota como: «Abate alacrán a invitado del ICSU». El Instituto de Cultura de San Uberto me envió un correo preguntándome si de verdad, de verdad, cobraría honorarios, dado que no terminé la lectura.

Aura tuvo que llevar a las niñas a la escuela toda la semana porque yo no lograba moverme.

En el papel, la visita a Cuernavilla no podía parecer más tersa: una victoria segura. Volé a Cuernavilla misma para evitar la autopista de la capital, que era garantía de lentitud. Cien preparatorianos habían leído mi libro y me reuniría con ellos en un centrito cultural a tres kilómetros del aeropuerto. Al terminar la charla (y la inexcusable firma de ejemplares y toma de retratos con los chicos), una camioneta fletada para mi servicio me llevaría a la capital, junto con el otro invitado de la jornada, un músico que impartiría un taller de canciones adolescentes y que usaba el sensacional *nomme de guerre* de El Pájaro Cu. Todo pintaba bien. Una crítica local había publicado una reseña entusiasta del libro y sería mi presentadora. El cielo era una bahía apacible, limpísima.

El problema fue Cuernavilla. Un ex futbolista había sido elegido alcalde con el apoyo de un *lobby* de constructores hartos de no ser tomados en cuenta en los contratos gubernamentales. Lo primero que hicieron los socios del nuevo munícipe, al tomar el poder, fue ordenarle derribar la autopista que traspasaba la ciudad de norte a sur, con todo y pasos elevados, y concesionarles las obras de ampliación.

Construida en el valle ubicado entre las faldas de un enjambre de cerros, Cuernavilla era incapaz de ofrecerle rutas alternas al viajero. De todo esto me enteré cuando la camioneta fletada para mi servicio salió del aeropuerto y se quedó varada en el tráfico. El centrito cultural se encontraba a tres kilómetros, sí, pero tardamos hora y media en alcanzarlo. «Por suerte hay tiempo», pensaba yo mientras el chofer explicaba que el ex futbolista era un gran hombre y la nueva autopista sería el orgullo de los cuernavillenses. «El Pájaro Cu llegó tempranito y lo primero que dijo es que la ciudad se veía muy grande con las obras», presumió.

En el centrito me recibieron con la noticia de que mi público, que venía en camino y a bordo de un autobús escolar, se encontraba atrapado en el embotellamiento a unos siete kilómetros, aunque faltaba menos de una hora para que comenzara el acto. Mi presentadora, por su parte, ni siquiera había logrado alejarse dos calles de la puerta de su casa. Esperaba el regreso de un vecino suyo, conductor de motocicleta, para rogarle que la subiera en ancas y se abriera paso hasta el lugar. «La buena noticia, maestro Murray, es que ya le tenemos desayuno: hay pasta de codito con jamón y un atole». Era el único platillo que la cafetería del centrito cultural iba a expender ese día porque los proveedores de alimentos también estaban atorados en las rebatingas callejeras. La sopa de codito estaba sosa, a pesar de la tonelada cubica de mayonesa que le habían dejado caer encima. El atole mostraba, al revolverlo con la cuchara, el espesor y textura exactos del semen humano y me negué a probarlo.

Veinte minutos después de la hora tentativa de la presentación se hizo evidente que ni mi público ni mi presentadora iban a aparecer: el camión no había logrado avanzar más de cinco calles; el vecino motociclista jamás volvió. El aire vomitaba un mugido perenne de cláxones. Olía a gasolina. Cuernavilla era un dinosaurio y agonizaba.

Uno de los organizadores, más astuto que los demás, descubrió que un grupo de unos veinte muchachos se dedicaba a jugar al futbol en el patio trasero del centrito. Las famosas esculturas de bronce con forma de Quijote del maestro Ochotorena servían de mojones para las porterías. Habían acudido junto con cincuenta compañeros más, confesaron los jugadores, al taller de música que celebraba El Pájaro Cu en el aula magna (y a lo lejos, sonaban los acordes inconfundibles de una guitarra de palo). Como no hubo cupo suficiente, alguien discurrió darles a los sobrantes una pelota para que se entretuvieran. El organizador les prometió cocacolas y logró reclutarlos como público emergente. Uf. El saloncito de la charla se repletó con el atlético aroma de cuarenta sobacos sudorosos. Ninguno de los asistentes, desde luego, tenía la menor idea de mi obra o mi mera existencia. Allí fui a descubrir que el organizador compartía su ignorancia. No había leído el libro; ni siquiera la fichita de la enciclopedia con mi biografía. Dio una bienvenida imprecisa y, luego de confundirme con El Pájaro Cu, y de las subsecuentes risas, comenzó por preguntarme qué se sentía ser todo un escritor. El gustillo del fracaso, esa saliva que se vuelve amarga, como si uno hubiera mordido un trozo de hígado, me atestó la boca. Uno de los asistentes, muy jovencito y sin camisa, se quedó dormido en la silla ubicada frente a la mía. Creo que babeaba. La presentación duró veinte minutos.

Salí furioso y bajé a la camioneta que debía llevarme a la capital. El chofer dormitaba; se puso de mal humor porque lo desperté. «Todavía falta de venir El Pájaro Cu», informó. «El maestro sigue cantando y tenemos que esperar». La guitarra de palo sonaba en la lejanía, acompasada por el crepitar de los cláxones. Creo que me dormí.

Me despertó una larga ovación. Una oleada de angustia subió hacia mi esófago. O quizá era el reflujo del codito con jamón: ya no sé. Había pasado una hora. Me hubiera gustado que el estruendo que irrumpió como una piedra en mi sueño fuera el de Cuernavilla entera derrumbándose. Pero no: eran los escolapios, que ovacionaban a El Pájaro Cu.

El triunfador de la jornada era bajito, enjuto, con mejillas hundidas y bigotitos roedores. Llevaba en la cabeza un sombrero de paja demasiado grande. Con la guitarra al hombro y una multitud eufórica detrás, alcanzó mi ventanilla. Los muchachos, felices, le daban palmadas en el hombro y soltaban al aire risotadas de puro gozo (para mayor vergüenza reconocí entre el séquito al pendejo que se había dormido en mi presentación). A El Pájaro Cu le brillaban los ojos.

«¿Tú eres el chofer? Ya no me esperes, mano. Van a llevarme a comer aquí al lado, al pueblito de Tepoz». Los chicos reaccionaron al anuncio con otra aclamación. El cortejo dio vuelta y se perdió en los fondos del centrito cultural. El chofer suspiró. «Este Pájaro Cu es un chingón. Más de esos deberían traerles a los muchachos».

No abrí la boca en el camino a la capital.

Mi madre enfermó en capítulos. Portó un tumor en su seno izquierdo durante decenios sin emitir una queja. Supe lo que pasaba hasta que el bulto, encapsulado por años, reventó mientras yo andaba de gira por la provincia nacional, de casa de cultura en centro cultural, de cafebrería en terraza artística, de feria en festival. Internaron a mi madre mientras charlaba con veintiocho aspirantes a novelista becados por la fundación Arte y Parte para mi taller presencial «Técnicas de hoy». Aura, por fortuna, estaba con ella; mi suegra se hizo cargo de las niñas. Pese a que mi esposa me pidió no suspender el taller, hice el amago de largarme antes de la primera sesión. Pero la secretaria de la fundación dejó claro que no habría fechas disponibles para reprogramar y no se me liquidarían los honorarios si me iba. «Necesitamos el dinero para tu madre», me convenció Aura, que siempre tuvo la mirada más clara que yo. Me quedé.

Elegí unas páginas de mi novela que funcionaban como relato autónomo para la lectura en la feria municipal del libro de Tulatlán. La carpa de los actos fue levantada en mitad de la plaza. El sillerío lucía a medias: tuve la seguridad de que el público estaba esencialmente constituido por mujeres que habían sacado a sus hijos a tomar el aire y aprovechaban la carpa para sentarse un rato y ocultarse del solazo. Eso sí: la totalidad de los ancianos desocupados de la plaza estaba presente.

Mi compañera de mesa sería Lana Gutiérrez, cuarentona y pelirroja a fuerzas, con sonrisa franca y una manita enérgica con la que estrujó mis dedos cuando nos presentaron. «Hace tiempo que no publico pero traje un cuentito nuevo», dijo con inocencia. Pidió leer antes que yo con tanta modestia que me conmoví. Los organizadores habían advertido que era una mujer implacable pero así suelen ser: les gusta armar peleas de gallos entre autores para reírse de sus ramalazos de ego. Y a veces no es para tanto. Lana dijo que mi novela era lo mejor que había leído en el mes, un elogio desconcertante. Mientras trataba de desentrañarlo, tomó el micrófono.

Tendríamos un público de unas treinta personas cuando comenzó. Era un texto en primera persona, sonaba confesional, y lo leía con tal naturalidad que parecía estar condensándolo de los aires o exudándolo desde el páncreas. La narradora del texto hablaba de falos. Falos que la rondaban, acariciaban, penetraban. Describía su textura y sabor, sus características plásticas y funcionamiento hidráulico. Iba administrándoles sobresaltos a los espectadores: de pronto, deslizaba el dato de que el pene del que hablaba era el de un perro mastín. Luego, el de su propio padre. O su hijo púber. O el implemento de látex de su mejor amiga. Todos los falos entraban y le producían efectos devastadores. A veces, eran descritos como espasmos dolorosísimos. Otras, como embestidas de satisfacción insoportable. Las damas del público de plano mandaron a sus niños a correr a la fuente y se taparon la boca por la sorpresa de estar allí, escuchando guarradas en la plaza de su pueblo. Los viejos oscilaban entre el asombro, la falsa ironía y el enmohecido deseo. Lana no sería guapa, pensé, pero yo era incluso menos atractivo y ya me había vuelto invisible.

Para alivio de los tulatlenses, al final del relato se descubría que la narradora era una mujer casada que no sostenía relaciones con mascotas, parientes o artilugios. Solo era una chica que debía poner a girar la imaginación cuando se acostaba con el marido para aburrirse un poco menos que de costumbre. Una robusta cosecha de aplausos premió el cuentito. El mío entre ellos: sinceramente, no vi venir el final. Justo cuando me pasaron el micrófono y me disponía a comenzar con mis propias páginas, Lana susurró en mi oído: «Ahora quiero ver que leas algo que les interese la mitad».

Quince mujeres sonrojadas, quince ancianos con los ojos vidriosos de lujuria esperaban mis palabras. Y yo no era capaz de decirles nada que les fuera a importar. Lana, claro, había ganado.

Hablaría en la Feria Central por primera vez en la vida. Pese a su nombre, no era un evento importante. Era, en todo caso, simbólico. Las carpas se encontraban levantadas frente al Palacio Nacional, bajo la bandera más grande del país. Me acompañaba el ensayista Lalito Huerta, con sus recordados temblores de manos y su epilepsia. Siempre admiré a Lalito por sobrellevar sus problemas de salud sin permitirles copar su discurso literario: lo que le gustaba, en verdad, era glosar a Borges y se prodigaba en perorar sobre alfanjes, panteras, dinares, vikingos, herejes y detectives.

Llevaríamos quizá diez minutos de charla (y no habíamos conseguido salir del primer alfanje almohade) cuando noté que, de pie frente a mí, y dos metros delante de las sillas del resto del público, se encontraba una chica vertiginosa: morena, vestida como la Scherezade tradicional, con velo, sostén, bombachos y babuchitas. Su vientre era una tersura incitante. Una finísima capa de vellos lo cubría. La chica sonreía (el velo era transparente y sus ojos, más negros que el abismo de Jorasán). Su gesto era el de pedir un momentito con los dedos índice y pulgar separados unos milímetros (eso o una burla del micropene de Lalito, del que todos sabíamos por las cadenas de correos con que lo había infamado Lola, su ex mujer).

Impresionado por la aparición de aquella chica idéntica a mi imagen de Scherezade, la contadora de cuentos (madre y señora de todos los que ganamos tiempo narrando mentiras), cerré la boca. La chica volvió a sonreír, tomó el micrófono de mis manos lacias y, con gran seguridad, se dio la vuelta hacia el público. «Buenas tardes. Disculpen la interrupción. Queremos leer un manifiesto de apoyo de los alumnos de la Facultad de Letras hacia la República de Irak, injustamente invadida por…».

El organizador, de pie al fondo de la carpa, se llevó las manos a la cabeza. Hacía señas desesperadas que significaban «no, no la dejes, quítale ese micrófono». Pero si el rey Schariar nunca fue capaz de callar a Scherezade, qué carajos iba a hacer yo, salvo admirarle los hoyuelos de la baja espalda que asomaban desde los bombachos. Lalito Huerta se acariciaba las manos y componía un gesto de ternura que, me temo, sería el espejo del mío. En ese momento comenzaron las convulsiones de su ataque epiléptico.

El correo de mi madre llegó de madrugada y no lo vi sino al volver al cuarto del hotel Paso del Norte, luego de un desayuno frío y desabrido. Me decía que Aura le había llevado su computadora a la cama del hospital, que mi esposa era una joya. Me decía que no dudara en sacar el dinero de su pequeña cuenta de banco para pagar sus facturas médicas antes que usar un centavo del mío. Me decía que se sabía condenada, que el cáncer podía resistirse por años o siglos si tus hijos te necesitan pero cuando crecen, cuando se valen por sí mismos, bajas la guardia y te devora en cosa de días. Me decía que había adelantado tres meses de renta para que tuviéramos tiempo de sacar sus cosas. Me decía que esas cosas, luego de tantas mudanzas y limpias, eran tesoros y debían ser entregados a Aura y nuestras hijas: las joyas que no le robó aquella sirvienta, sus abanicos, sus cuadros, las mascadas de seda que ella creía finas por venir de Taiwán. Sus libros podía quedármelos yo, si las niñas los tenían repetidos. Me decía que hubiera querido cuidarme, más o mejor, pero no se arrepentía de descubrir que me había vuelto hábil para sobrellevarlo. Me decía que escribió siempre y que entendía que yo lo hiciera. Que escribió siempre pero su madre, mi abuela, no quiso que estudiara, sino que se buscara un marido. Que escribió siempre pero a mi padre le parecía tan vanidoso escribir, un modo de destacar sin motivo. Motivos los tenía él, que era físico y estudiaba yoga, no mi madre y sus escritos. Me decía que los novios que tuvo luego del divorcio le festejaban la escritura, al principio, pero luego les fastidiaba, cuando se daban cuenta de que no escribía sobre ellos ni para ellos. Me decía que sus amigas le festejaban los textos como quien festeja el guiso, el bordado, la limpieza admirable de un baño. Me decía que el único editor que leyó sus cosas lo que quería era cogérsela pero fue tan listo que la hizo reescribir, releer, esperanzarse, antes que se le cayera la careta. Me decía que mi padre confesó, un día, lo que me pasó en Chapala. Me decía que le escupió. Me decía que al escribir era una reina, una reina brillante, una diosa, y que el cofre de sus textos (escritos todos a mano: la computadora era para leer el periódico, jugar solitario y escribirles a sus nietas) lo guardaría Aura para las niñas. Me decía príncipe. Me decía que leyó mi destino en los naipes una noche. Me decía que escribir era la vaga ambición de guerrear contra mil enemigos y salir vivo. Que me leyó y supo que no debió permitir que la sacaran del combate. Que escribiera contra todos, me decía, y a pesar de todos. Que no les llevara paz sino la espada. Me decía que el enemigo estaba en todas partes y aunque yo estuviera cansado, solo, rodeado, había que marchar, marchar y pelear. Que pensara en ella en la batalla. Que sabía que iba a poner los ojos en blanco al leer esa línea. Que dejara de hacerles caso a todos y de una puta vez.

Sonó el teléfono. Era Aura.

«Tu madre está entubada desde esta mañana. La tienen sedada. Ven».

No pude presentarme en Ciudad Minas. Tomé el autobús a la capital y volé a Zapopan. La chica de prensa de la editorial se molestó tanto de que abandonara la gira que sostuvo la presentación en la agenda e hizo traer a dos reseñistas hijos de puta para que hablaran mal del libro. Casi no hubo público pero me dicen que estuvieron brillantes y se rieron a mi costa.

Pude alcanzarla despierta, al final. Aura me obligó a tomarle la mano, tan helada. Mi madre sacudió la cabeza al sentirme y me miró. Sus pulmones quemados por el cigarro, su pecho carcomido, sus manos pálidas y la piel que se le quebraba en un mar de arrugas no ocultaban que era hermosa. Pude decirle que descansara.

A las niñas las dejamos en casa porque quisimos que la recordaran heráldica, rodeada, abriéndose paso como brizna que navega, como estrella que rompe la noche.

Montaron la cámara y me microfonearon (la televisión insulta al lenguaje incluso con los verbos de su práctica) a una velocidad que denotaba maestría. El reportero era gordo, ceñudo, enfundado en un traje severo de predicador. Yo procuraba distraerme mirándome los pies. Aura había llevado a casa una cachorrita de sabueso para que las niñas se consolaran de la pena. La perrita fue un éxito inmediato. Pero nunca antes criamos una mascota y no teníamos idea de cómo educarla. Hubo que reconocerlo cuando se comió el sofá. O cuando limpiamos su casita y descubrimos que estaba llena de huesos y trofeos hurtados de nuestras recámaras: aquella era la covacha de un multiasesino. Como daría las entrevistas de la novela en una librería, decidí llevarles otro regalo a las niñas: un manual para la crianza de sabuesos. Lo tomé del estante y lo dejé junto a mi mano, en la mesita del café. De cuando en cuando, durante los huecos en la agenda, le daba una mirada.

El reportero con ceño de águila lo notó. Me miró con una sonrisa, como si le pareciera ridículo. Tomó el librito sin permiso y se puso a revisarlo. Lo devolvió, luego de unos segundos, a su lugar, pero boca abajo. Iba a repelar pero el camarógrafo nos indicó que llegaba el momento. Entraríamos al aire en diez segundos.

«Muy bien, Arturo. Muchas gracias por acompañarnos. Lo primero que hay que preguntar es lo obvio: luego de tres novelas y tus colecciones de relatos, ahora nos sorprendes con este libro sobre la crianza de sabuesos… ¿Por qué?».

Hace años que, en las noches de insomnio, imagino las respuestas ingeniosas y devastadoras que debí dar. Pero fui incapaz. Mi madre había muerto. El reportero comenzó a ponerse nervioso. El camarógrafo estaba asombrado de que desperdiciáramos el tiempo-aire de aquella manera. Al fin, el entrevistador entrevió la verdad y palideció. El libro sobre sabuesos no era el mío. Quedaría claro que ni siquiera se había tomado la molestia de averiguar el nombre de la novela, que era un negligente, un sobrado, un imbécil.

Nadie supo el desenlace porque cortaron la señal. Tampoco pasó mucho. El tipo y su camarógrafo se deshicieron en disculpas. Una productora en mitad de un ataque de histeria llamó por teléfono y ofreció que me compensarían invitándome al programa con mayor audiencia del canal. A las niñas no les interesó el libro sobre crianza de sabuesos. «Enseñan a aparearlos», me dijo la mayor, con mohín de asco.

La perra se comió el segundo sofá.

Anaclara Sandoval tendría unos cincuenta años pero el gimnasio y la dieta la mantenían en forma y el vestuarista y el maquillista se encargaban de que su escote, piernas y labios conservaran hipnotizados al auditorio. Mi amigo Esteban Gallego, que la adoraba desde que la había visto protagonizar una comedia musical, quince años antes, me pidió encarecidamente actuar como él hubiera querido. «Pídele permiso de tocarle las nalgas. Te puedo asegurar que te deja. Y me cuentas qué se siente». Respondí que si hubiera grabado ese comentario y lo divulgara, su imagen de luchador social y de tipo sensible quedaría hundida en la ceniza. Quizá lo asusté.

El programa se grababa en un teatro y se emitía la noche de los lunes. Cada capítulo duraba una hora pero como la agenda de Anaclara era infinita, los productores aprovechaban para adelantar tres capítulos cuando la actriz les cedía algunas horas de oportunidad. Citaron a las siete de la noche. La camioneta de la editorial me dejó quince minutos antes en la puerta y una serie de ujieres, cancerberos y guaruras revisaron mis credenciales y el iris de mis ojos y me fotografiaron cien veces antes de franquearme el paso.

Los invitados fuimos concentrados en un salón muy cómodo, con sillones reclinables, aire acondicionado, charolas de fruta picada (kiwis, mangos, cerezas), falsas tapas españolas con sabor insecticida, refrescos y licores nobles, seis monitores que emitían episodios pasados y un camerino en donde algunos se cambiaban de ropa, otros eran maquillados y microfoneados y todos retratados haciendo gestos divertidos junto a un display de cartón con el retrato en tamaño natural de una Anaclara desnuda y orgullosa, con vello púbico y pezones al aire, que me hubiera gustado robar para llevárselo a Esteban.

El jolgorio del salón de invitados resultaba agradable. La orquesta de salsa pasó primero que nadie. Le siguió un señor pálido y elegante que daba consejos sobre asuntos jurídicos, pese a que lo presentaron como chef de un restaurante, y que tropezó al saludar a la anfitriona, sepultándole la cara entre los senos enormes. Eso provocó un ataque de risa a mi compañera de sofá, una mujer de metro y medio de alto y otro tanto de ancho, cabello negrísimo y ojillos rasgados, que se presentó como barrendera pública.

Pasaron los minutos, se terminaron los refrescos y el kiwi, mermaron por completo las tapas españolas y el nivel de whisky alcanzó mínimos. Se fueron la trapecista, el actor de carácter (que, no sé si en broma o en serio, andaba convidando cocaína a quien se la pidiera pero luego subió a escena y se puso a llorar por las adicciones de la juventud), el economista que regañaba a la gente por pedir créditos sin tener garantías razonables de poder con ellos. Para las once y media de la noche, en la sala de invitados quedábamos una auxiliar de producción (en posición fetal en uno de los sillones), la barrendera pública y yo.

«Que pase la señora», dijo el apuntador cuando asomó la cabeza. Mi compañera volvió a escupir una risotada feliz como un día de sol. A mí me llevaron a maquillaje y me microfonearon (estoy seguro que así se dice «me jodieron» en alguna parte). Las luces del escenario, al que fui escupido al fin luego de un minuto de tramoya, me parecieron de una calidez perfecta, porque el cuarto de invitados se había quedado helado. Anaclara estaba allí, en una silla giratoria, con las piernotas cruzadas. Recordé la petición absurda de Esteban y me hice la promesa de serenarme y olvidarla. La anfitriona olía a jabón y era linda a pesar del exceso de maquillaje. «No me dio tiempo de leer tu libro completo pero lo que leí está bárbaro», dijo a manera de saludo y me pareció muy educada para mentir.

Callaron a la audiencia, recolocaron las luces, nos hicieron el conteo para que comenzara, ahora sí, la entrevista. Ella sonrió con la belleza y la experiencia de alguien que se sabe significativo y se siente dueño de la situación. Me presentó en tres líneas como un autor importantísimo, elogió la página sesenta y siete del libro de un modo que pareció sincero. Y, volteándose hacia mí (yo hacía malabares para no caerme de mi propia silla giratoria), disparó: «A ver, Arturo, compártenos. ¿Qué piensas del sexo anal? ¿Lo practicas? ¿Lo repruebas?».

Por segunda vez en la vida, me quedé con la boca abierta en cadena nacional.

Pero el cuento no iba a terminar así.

No iba a rendirme.

Agité la cabeza.

Y sin tomar aire, repliqué.

«Nací en Zapopan. Mi madre está muerta. Escribí un libro de cría de perros porque era otro modo de contar historias. Soy un príncipe con mil enemigos y no pienso detenerme nunca, nunca, hasta que vuelva a encontrar a El Pájaro Cu y lo vea hundirse en las tinieblas de la derrota, hasta que logre pasear por Cuernavilla con su cabeza en la mano. Y si Esteban Gallego quiere hacerte algo, Anaclara, que venga y lo diga él mismo».

Te quiero, madre.

La Batalla de Hastings

Los muertos iluminan la ruta de los vivos. Por eso leemos: para que se inflame una antorcha. Bajo su luz escribimos. Se los digo con la convicción de un tallerista literario de cuarenta años con problemas domésticos, un tipo que va para viejo (no todos los cuarentones lo demuestran pero es mi caso) enfrentado a un grupo de muchachos que parecen elenco de la consabida película sobre la victoria del equipo de los torpes. Por ahí les faltan, a los chicos del taller, una variedad de indispensabilidades: una mano, higiene personal, autoestima, minerales, electrolitos. No culpen a la escritura. En cierta medida a todos, cada mañana, nos falta una mano.

Aura, mi esposa, no responde mensajes desde una hora antes de que comenzara la sesión. Los que precedieron al silencio estilaban un odio hirsuto. Algo hice, algo, repito para evitarme la pena de reflexionar. Hay disgustos concretos y abstractos, disgustos ideológicos y disgustos porque volví borracho, de madrugada, y derribé un florero al arrojar la chamarra a la mesa.

Inglaterra ha sido llamada «la isla invicta». Esto, muchachos, es una falsedad. La conquistaron todos, me parece, menos Napoleón y Hitler. Los celtas jodieron a los pictos. Los romanos a los celtas. Los sajones a los romanos. Los vikingos a todos. Pero Inglaterra, en el fondo, no fue Inglaterra hasta que una mañana llegaron los normandos a quedarse. La cosa se enreda. ¿Quiénes carajos eran los normados? Otros vikingos, pero avecindados en el norte de Francia. *Nord-mand*, hombres del norte. Abran el buscador de imágenes y obsérvenlos: cascos puntiaguados, con naricera, escudos ovalados, lanzas para atravesar jabalíes, cotas de malla largas como camisolas de hockey. Quizá alguno de ustedes esté viendo ahora mismo en el navegador su imagen más conocida, el muy famoso Tapiz de Bayeux, un tejido de la época que según algunas fuentes fue elaborado por la reina Matilde, esposa de Guillermo el Conquistador, el señor normando que invadió Inglaterra (otros dicen que en realidad lo mandó hacer su hermanastro Odo, que era obispo, pero, sinceramente, eso no nos importa). Esos perros de sangre y hierro, pues, eran los normandos, nuestros muchachos consentidos de esta tarde.

Divago. Nuevo mensaje de Aura en el teléfono y me aterra lo que pueda decir. Me aterra lo que sé que dirá. Anoche, como todas las de jueves, salí con amigos y bebí hasta que mi conciencia se volvió elástica, ligera, moldeable. Quizá nada hubiera pasado si, luego de forcejear con la puerta y entrar a tirones a casa, luego de servirme un vaso de agua y salpicarme los zapatos, no me hubiera dado cuenta de que tenía calor. Un fastidio sudoroso, un sofoco infernal. Arrojé la chamarra a la mesa como si apartara de mí la tentación y el pecado, y así me cargué el florerito de color uva cristalizada que trajimos de casa de mi madre luego del funeral. La caída del florero fue la mía y el estruendo animó a mi esposa a salir del castillo de paciencia en que se había refugiado, por meses, para sobrellevar la tempestad. Por eso dormí en la sala y mi teléfono rebosaba sermones. Mejor Inglaterra.

Guillermo el Conquistador desembarcó en la costa sur de la isla. Los sajones salieron a su encuentro y, en los campos de Hastings, chocaron con sus mesnadas. Y acá se va a poner todo más raro. Los normandos, dice el historiador Guillermo de Malmesbury, entraron a la batalla cantando. ¿No es hermoso? Entonaban, en francés, la canción nacional de los francos, unos tipos con los que nada tenían que ver, y a los que, en parte, habían conquistado para arrebatarles la Normandía. Cantaban la *Chanson de Roland. El cantar de Roldán* en nuestro idioma. Sí, desde entonces los españoles traducían los títulos de modo liberal. ¿Saben que a *Some Like It Hot* le pusieron *Con faldas y a lo loco*?

Recapitulemos: los sajones perderán el reino contra unos invasores que descienden de vikingos, que no son francos, pero cometen la belleza de entrar al combate entonándose el espíritu con la *Chanson*. De Roland o Roldán, lo mismo da. Cantaban y luchaban como leones brillantes al sol del mediodía. Estas imágenes, veo, no les parecen tan hermosas como deberían. Creo, y no me pongan esas caras de magistrados de La Haya, que la guerra antigua fue bella. No cuando ocurrió sino cuando la cantaron. Es mejor que tengamos la *Ilíada*, el escudo de Arquíloco y la *Eneida*, que tengamos el Cid y el Roland, a que no. La guerra solo puede ser trocada en belleza mediante la mentira, lo sé, pero con la vida es igual. Ustedes llámenlo *crear sentido*: yo lo llamo mentir. Y lo llamo, y esto debería interesarles, para que comiencen a amortizar el costo de este taller, escribir.

Lo que dice el nuevo mensaje de Aura es que encima del trabajo que tiene, las responsabilidades en casa y sus particulares problemas, mi naciente alcoholismo amenaza todo, como una invasión de barcos en el horizonte, y ella siente que desdeño lo que hace para evitar nuestro hundimiento y persisto en enfermar, decaer, marchitarme. No respondo porque no podría articular algo decente sin que los muchachos se den cuenta de que tecleo, los ignoro, me desenfoco de la parrafada normanda y me zambullo en el fango que es la vida, hoy. Un día de mierda, solamente un día de mierda. Si pudiera explicarme, Aura debería ponerse feliz. Debería estallarle la cabeza de dicha y contento, los ojos botarían de sus cuencas de la pura euforia, y se sacudiría presa de un orgasmo indecoroso, cósmico, inabarcable, si tan solo pudiera explicarle que ella es lo único que ha hecho que no suba a una azotea, la más alta de esta ciudad de edificios enanos, camine a la cornisa y brinque.

Pero debo alejarme del teléfono porque imparto una sesión muy seria y profesional, seguido por las miradas ariscas y un poco pueriles de un grupo de muchachos rotos, incompletos, torcidos. Me imagino que por eso escriben en vez de pasearse por los centros comerciales o acodarse a conocer gente en las barras de los bares. También a ellos quisiera explicarles que adoro sus pagos, porque permiten liquidar el taekwondo de mis hijas, y que venero sus textos porque son mejores de lo que ellos mismos creen –aunque sean horribles, espeluznantes, y ningún editor sería capaz de tomarlos en serio–. Y que ellos mismos son hermosos, además, debajo de sus granos y lentes gruesos y ropas demasiadas veces lavadas. Son hermosos si son pobres y escriben, como hice yo, desde el rencor. Y son maravillosos si son ricos y quieren librar la guerra de clases en la trinchera equivocada (y así, cuando son derrotados, ganan de todas maneras).

El alumno que mejor lo hace es un sujeto oscuro, barbado, enorme como un árbol, dedicado a la venta de piratería y el contrabando de objetos chinos. Lo amo. Escribe como búfalo iracundo, como si pudiera sacudirse las cadenas al teclear. En la sesión inaugural confesó que estaba en quiebra, sin un centavo, que había terminado dos libros que ningún editor leyó, ni leyeron tampoco los payasos lambiscones de las editoriales que deberían haberlos hojeado, al menos, antes de enviar las cartas de rechazo. Dos libros que no leyeron, por consecuencia, las chicas hermosas que debieron caer en sus brazos o, mejor aún, discutir con él la propiedad de los adjetivos. Este, este que hago, es mi intento final y luego voy a mandarlo todo a la mierda, dijo en plena sesión inaugural, voy a dedicarme a la pesca, a tajar carne o destapar cañerías. Pero algo lo detenía: su madre le había legado un seguro de desastres, un dinero que podría sostenerlo sin trabajar por seis meses o quizá ocho si era prudente. No sé si apostarlo todo, sentarme y escribir el libro que tengo en el cogote, debajo de las uñas y los párpados, metido en el culo como una escoba, que se me sale por la garganta y sueño por las noches, dijo al inscribirse. Usted se la jugó, supongo, alguna vez, maestro. Así que dígame: usted qué haría. Perder lo único que me queda o conservarlo y dedicarme a la pesca, a la tablajeada, a las tuberías llenas de mierda.

Combate, le dije porque era jueves y me pondría borracho al salir. Pelea, canta y pelea, carajo. Para eso es que estamos aquí.

Me arrepiento, a veces, de estar aquí.

Los normandos entraron a la batalla con la *Chanson de Roland* en las gargantas porque Francia les modeló un poco lo vikingo, porque era un cantar hermoso que hacía hervir la sangre y los animaba a morir de modos sublimes con la esperanza de ser cantados también. Morir para vivir, esas mamadas que adoraban decir los guerreros. Pero la *Chanson* no les pertenecía. Dice la enciclopedia, y aseguraba el prólogo de la edición que tengo en casa, que fue escrita por el monje Turoldo, alrededor del año 1170, casi cuatro siglos después de los hechos que en ella se relatan. O que se fingen relatar, porque toda la *Chanson de Roland* es una vil mentira.

Como también es mentira que Turoldo fuera el autor original. Se sabe, gracias al ya mentado señor Malmesbury, que los normandos entraron a Hastings cantándola... Un siglo antes de la fecha calculada para el manuscrito de Turoldo (que existe aún y es conservado en Oxford). Dámaso Alonso, el poeta, lo comprobó: descubrió en un monasterio de nombre sensacional (San Millán de la Cogolla, se llama el lugar, por amor del Santísimo Prepucio), una nota que dató a mediados del siglo XI y ya contiene la historia compendiada de la *Chanson*. Lo seguro, pues, es que los orígenes del Roland sean muy anteriores al periodo de Turoldo, el monje transcriptor. Quizá provengan del reinado de los herederos de Carlomagno, señor de los francos en los tiempos en que ocurrieron los hechos inventados en el cantar.

Pero encaremos el asunto de la mentira y la falsedad. Pongámoslo así. Imaginen, ya que es sencillo hacerlo, a un bardo, uno cualquiera, uno que se gana el sustento de la noche engatusando a algún grupo de noblecitos rurales con una canción heroica sobre los viejos tiempos, y, que desde luego, no inventa sus historias de la nada, sino las articula a fuerza de refundir antiguas consejas populares. Es todo un mercenario, ese bardo, al que no le preocupa que el valiente Roland no haya sido emboscado y muerto por un ejército entero de sarracenos, como cínicamente cantará, sino apedreado por unos vascones, molestos porque Carlomagno tuvo a bien saquearles Pamplona. Desde cuándo andan culpando a los musulmanes, vean ustedes, por lo que sea.

Puta madre, ya sé que es complicado. En menos de media hora normandos, sajones, francos, sarracenos, vascos y mis alumnos, guapos pero ligeramente torcidos, que me miran con gesto de comprensión pero que, en su mayoría, entienden menos que si les estuviera impartiendo una sesión de física nuclear. Ah, y no olvidemos los mensajes devastadores de Aura en el teléfono. Y la vergüenza.

Mi alumno barbudo no se mató pero ojalá lo hubiera conseguido. En una motocicleta patéticamente vieja pero aún apta, que alcanzaba los ciento veinte sin problemas y con la que, por lo general, se dedicaba a repartir los pedidos de objetos chinos que recibía, subió a un paso a desnivel y perdió el control. La máquina aterrizó en el interior de un departamento cercano al muro de contención (qué se sentirá que el progreso vial convierta tu recámara en el horizonte lateral de una avenida) y mi alumno descendió como la condenación hasta estrellarse en el capó de un autobús urbano. Llevaba en el bolsillo de la chamarra la carta de rechazo de un nuevo manuscrito. Los niveles de alcohol en su sangre eran altos pero tampoco un escándalo y en sus venas no aparecieron trazas de medicamentos o sustancias ilegales. Quizá fue solo el vértigo. Cómo saberlo. No murió pero su muñeca derecha se hizo mermelada y su conciencia, flexible como la goma, se ocultó detrás de sus párpados.

Tuvieron que amputarle la mano y el fuego se le apagó. Eso sí: apenas recuperado (en la medida en que pudo recuperarse) volvió al taller. A veces se queja del dolor que es capaz de sentir en el antebrazo. Sonríe con la calidez de un sol, pero si uno le dirige la palabra se vuelve a la pared. Los ahorros se están terminado y la seguridad social da para lo que da: una cama reclinable y una enfermera que lo visita semana de por medio. Entiendo que está arruinado, pero lo quiero porque es un bravo, un león. Un normando. Sigue en pie y sigue con la vista cada uno de mis movimientos, aunque esconda la cara si hago contacto visual.

Aura, de pronto, manda un mensaje sin referirse a la batalla de Hastings que sostenemos. «El sábado es aniversario de tu madre». Y respondo que sí, lo sé, que llevo un año sabiéndolo venir, pero eso no lo digo, solamente asiento y pregunto qué haremos y ella, ahora, calla, como si estuviera cavilándolo. «Vamos a llevarle flores», sentencia, al final.

Miro los rostros concentrados de los chicos, tan lisiados y lindos y pienso que quizá es suficiente por hoy, que basta de la profusión de muertos y armaduras impensables en estos calores. Pero no: no basta. Si no aprenden a ser menos pésimos van a comérselos. Como se comieron a nuestro barbudo, que escribía como los ángeles y, al final, no solo perdió la mano sino que ahora viene cada semana y nos mira con sonrisa vacía y esconde la mirada y luce el muñón y que, desde luego, ha dejado de escribir.

Escribir es caer en una telaraña y no salir más, les digo, pero a veces uno cae y se queda paralizado, sin nada que agregar.

Somos bardos mercenarios que escriben algo que escuchamos en otra parte para venderlo a los miserables que puedan pagar por él. Somos unos mentirosos que adornamos, pulimos, deformamos, embellecemos lo repulsivo y lo trocamos en presentable, incluso si intentamos reflejar el lodazal. Los chicos, ahora, están al filo de las sillas e incluso mi querido alumno barbudo tiene un brillo en los ojos que no puede atribuirse del todo a los antidepresivos. Somos invasores despreciables y egoístas que se dan ánimos apoyándose en una belleza mentirosa, que no les pertenece y no fue pensada para ellos. La mentira y la usurpación, si son sugestivas, si son hermosas y nos engañan, nos ponen llanto a los ojos y música a la garganta. Escribir es intentar el engaño, les digo y, me pongo de pie y rodeo con el brazo los hombros enormes del barbudo, que al fin se ve obligado a mirarme, la boca medio abierta. Escribir es inventar quiénes somos y por qué estamos en este campo sucio, con una espada en la mano y una cota de malla que parece camisa de hockey, y es encontrar en una mentira absoluta las razones para embestir a la estampida de locos que corren hacia nosotros. Y levanto el muñón de nuestro chico como si le estuviera concediendo el triunfo en un combate de boxeo. Y, si lo hacemos bien y contamos con algo de suerte, nuestra canción mercenaria será entonada y les llenará los ojos de lágrimas a los invasores del futuro, y los hará salir al campo arropados por la belleza y combatir como leones, hermosos y brillantes como estatuas o banderas (los leones de verdad apestan, su pelaje es opaco y cubierto de parásitos y costras de sangre). O nos llevará a pelear a nosotros mismos. No vinimos aquí a redactar, damas y caballeros, bestias y diablos: vinimos a cortar gargantas.

El barbudo gime quedamente y le mantengo el muñón en alto y aunque quizá esté lastimándolo, resopla con algo que parece convicción y, por tanto, felicidad. Ese puto manuscrito tuyo es una joya, y vamos a matar a quien haya que matar para que el mundo lo sepa, le susurro, aunque no lo he leído, desde luego, pero ahora decido mentalmente que abriré, al fin, el maldito mensaje que me envió hará no sé cuántos meses al correo y hojearé el documento.

Venceremos e Inglaterra será nuestra. O moriremos arrastrados por la ola interminable de enemigos y alguien, en algún futuro imposible de concebir, nos cantará.

Mientan, engañen.

Y mientan más.

Cerramos la sesión y salimos al pasillo como si fuéramos a lanzarnos a la batalla. Algunos me abrazan antes de marcharse. Aprovecho para recordarles que es hora de que me paguen y lo hacen, desdoblan los billetes y, aliviados, saltan a la calle para esperar el transporte público, caminar, o, incluso, para saltar a sus automóviles, pisar el acelerador, arriesgar sus extremidades.

Los amo, realmente lo hago.

El barbudo ha desaparecido del salón.

Estoy solo bajo la luz del foco económico, los puños apretados, la boca seca y un repiqueteo en la garganta que quizá sea pena. O el esbozo de una infección.

Entra un mensaje de Aura.

Y voy a abrirlo.

Pero no ahora.

Ahora mismo lo que haré será sentarme, respirar hondamente, y mentir y mentir.